BIBLIOTHÈQUE
INSTRUCTIVE

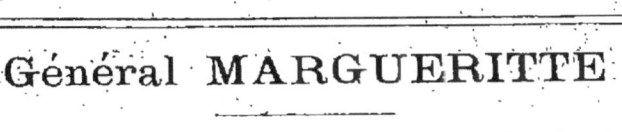

Général MARGUERITTE

—

CHASSES DE L'ALGÉRIE

JOUVET & Cie

PARIS

CHASSES

DE L'ALGÉRIE

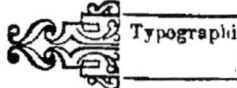
Typographie du MAGASIN PITTORESQUE (J. Charton),
rue de l'Abbé-Grégoire, 15.

BIBLIOTHÈQUE INSTRUCTIVE

CHASSES

DE

L'ALGÉRIE

ET NOTES

SUR LES ARABES DU SUD

PAR

Le Général A. MARGUERITTE

QUATRIÈME ÉDITION
ILLUSTRÉE DE 65 GRAVURES SUR BOIS

PARIS

LIBRAIRIE FURNE

JOUVET ET Cᵢₑ, ÉDITEURS

5, RUE PALATINE, 5

1888

Tous droits réservés.

Le général A. Margueritte.

DÉDICACE

DE LA PREMIÈRE ÉDITION

Ces souvenirs sont destinés à mon fils, qui les lira quand il sera en âge de les comprendre et de s'y intéresser.

Si j'en ai le goût et le loisir, je continuerai les récits de mes autres chasses, qui auront pour sujets :

Les trois lions du Djebel-R'ilass ;

La panthère de l'Oued-Massine ;

Les chasses aux sangliers ;

La chasse à l'antilope bubale ;

La chasse aux mouflons ;

Les exploits du vieux Mouley, le tueur de lions des Blal, etc.

Ces récits auront, je l'espère, un certain attrait pour mon cher Paul, à qui je voudrais donner le goût de la chasse, la plus saine des passions, à mon avis, après celles de l'étude et du travail.

Si tout arrive en ce monde, on peut dire aussi que tout s'en va. Les Arabes d'aujourd'hui ne sont déjà plus ceux d'il y a vingt ans ; quelque vingt années encore, et les générations nouvelles qui vivront à notre contact ne présenteront plus la même originalité que celles observées au début de ma carrière en Algérie.

Quelques traits de leur caractère et de leurs aptitudes d'alors, pris sur le vif, ne seront pas sans intérêt pour Paul le Laghouati, qui aura à se rappeler qu'il est né dans le Sahara, où de bons Bédouins lui ont souhaité la bienvenue à son entrée dans la vie.

Si ces souhaits pouvaient avoir l'efficacité de ceux des bonnes fées d'autrefois, mon petit Saharien serait merveilleusement doué; car il serait sage, savant, bon, brave, généreux, fort, cavalier parfait et chasseur intrépide, etc.

Moi aussi, cher enfant, je vous souhaite toutes ces vertus et brillantes qualités! — Mais, il faut bien l'avouer, c'est beaucoup désirer pour un seul, au temps présent!... Aussi prié-je votre mère de se joindre à moi pour m'aider à les demander à Dieu pour vous!

Quoi qu'il arrive, néanmoins, et dès à présent, nous vous aimons bien.

A. MARGUERITTE.

Août 1866

PRÉFACE

DE LA DEUXIÈME ÉDITION

Dans le principe, ces récits intimes n'étaient pas destinés à la publicité.

L'auteur, par suite d'une circonstance toute particulière, ne s'était résolu qu'à une petite édition, qu'il a dédiée à ses amis; il n'avait d'autre prétention que celle d'associer à ses souvenirs de sympathiques compagnons d'armes et de chasses.

Aujourd'hui encore il penserait de même, s'il n'avait été pris par son faible, c'est-à-dire par son affection pour l'Algérie, où il est venu enfant avec sa famille et où il a fait presque toute sa carrière militaire.

« Pourquoi? lui a-t-on dit, ne publiez-vous pas ces chasses et ces notes sur les Arabes sahariens? Elles aideront à mettre en relief certaines particularités attrayantes de ce pays? Vous y êtes d'autant plus obligé, que vous l'appelez votre patrie d'adoption; que ce que vous en dites est le résultat de faits et d'observations personnels qui, n'en doutez pas, intéresseront vos lecteurs à l'Algérie! »

Certes, voilà qui est séduisant!

PRÉFACE.

Vos lecteurs! l'Algérie! — C'est tout simplement magique, ces mots-là... De cette réflexion à la tentation de se faire imprimer vif, il n'y a qu'un pas..... et le voilà franchi!

Si vos prédictions ne se réalisent pas, chers conseillers qui m'aurez amené là, — vous aurez cet insuccès sur la conscience, car j'entends vous rendre solidaires de ma détermination.

Allez donc, chers souvenirs, où votre destinée vous conduira. Dites surtout à ceux qui s'arrêteront à vous lire que l'Algérie serait plus intimement populaire si elle était mieux connue. — Dites-leur qu'elle possède un grand attrait d'originalité, un charme tout particulier qui agit infailliblement sur ceux qui s'y intéressent et savent la comprendre.

Insistez surtout près des disciples de saint Hubert, à quelque nationalité qu'ils appartiennent... Montrez-leur dans un alléchant lointain ces rares et grandes bêtes à poursuivre... de bonnes émotions à glaner, lors même que le succès ne répondrait pas toujours aux espérances. — Et enfin, par anticipation, souhaitez à tous bienvenue et bonne chance!

Avril 1869.

LES CHASSES DE L'ALGÉRIE

MA PREMIÈRE
CHASSE AU LION

Carcassonne, mars 1862.

Plusieurs fois déjà, depuis des années, j'ai été mis en demeure d'écrire les chasses au lion et à la panthère que j'ai faites pendant mon long séjour dans le cercle de Téniet-el-Hâd.

Je m'en suis toujours défendu, par paresse d'abord, et aussi je crois par une sorte d'indifférence à narrer des faits et des impressions dont je pouvais à ma volonté continuer la série.

Pendant une période de vingt-cinq années, j'ai dû à ma destinée, qui m'a toujours placé aux avant-postes à mesure que nous avancions dans l'intérieur du pays arabe, d'avoir la primeur de toutes les grandes chasses de l'Algérie (¹).

Qu'avais-je besoin d'écrire, quand en tous temps, à pied et à cheval, à la plaine et à la montagne, je pouvais faire plus de bourriches que je n'avais de gens à qui les envoyer?

On réserve cela pour les temps malheureux, quand tout gibier fait défaut. Hélas! ce n'est pas toujours fête, selon le vieux dicton!

Après les grands festins, viennent les jours maigres et de pénitence; longtemps j'ai refusé d'y croire, mais depuis ma rentrée sur le sol français, j'ai dû me soumettre à l'évidence, c'est-à-dire au régime du chou-blanc et du buisson creux.

Je sais à l'heure présente ce que veut dire bredouille!

Les naturels du pays, excellentes gens du reste, ne parviennent à tirer un perdreau de loin en loin qu'en faisant une neuvaine à saint Hubert.

Ma qualité d'hôte passager ne m'a pas mieux servi; quoique j'aie mis une grande persévérance à battre les guérets autour de notre bonne garnison de Carcassonne, je n'y ai vu qu'une seule fois l'ombre d'un lièvre.

C'est ainsi qu'après de nombreuses déceptions et n'avoir brûlé un peu de poudre qu'à la chasse aux alouettes, j'ai vu venir la saison prohibée, toute hérissée de gendarmes, de gardes champêtres et autres!

(¹) C'est ainsi que j'ai pu chasser, dans les meilleures conditions, le lion, la panthère, le sanglier, l'hyène, le chacal, l'antilope bubale, le mouflon, la gazelle, le lynx, l'autruche, etc.; que j'ai pu, avec d'excellents équipages de faucons, voler l'outarde, le lièvre, dans les plaines du Sud, et enfin chasser au marais des quantités considérables de sauvagine à n'oser en dire les chiffres.

Lion de l'Atlas.

Que faire en cette extrémité? pêcher à la ligne? Le goujon lui-même ne mord pas!

Allons, cette fois, il faut en prendre son parti, et, pour tuer le temps à défaut de bêtes, je vais me raconter mes chasses d'autrefois.

Cette résolution me procurera, outre le plaisir de me remémorer de bonnes émotions, celui non moins grand de parler de quelques-uns de mes compagnons de chasse, braves Bédouins pour la plupart, que Cooper aurait immortalisés s'il avait pu les avoir pour types de ses livres, comme Œil-de-Faucon, le Cerf-Agile, Chingagowk, etc.

Il n'y aura dans mes récits aucune péripétie inventée après coup. Leur mérite, s'ils en ont, leur viendra de leur rigoureuse exactitude.

C'est, du reste, l'essentiel quand le sujet traité est intéressant par lui-même. Ceci dit et sans plus long préambule, j'entre en matière.

La chasse au lion est une des plus rudes que l'on puisse faire, moins à cause des dangers à courir que par les difficultés que l'on éprouve pour aborder ce roi des animaux.

Même dans les localités qu'ils fréquentent, les lions sont rares, quoi qu'on en dise. J'ai passé onze ans dans le pays de la province d'Alger où il y en a le plus, et j'ai constaté qu'il n'en a pas été tué plus de trois ou quatre en moyenne par année.

C'est dans la zone boisée (¹) et accidentée prise entre

(¹) Cette zone, de 180 lieues carrées, comprend le territoire de quatorze tribus, qui sont : les Beni-Chaïb, Bethyas, Khrobbazas, Beni-Fen, Oulad-Sidi-Yahia, Beni-Hayane, Oulad-Ayade, Beni-Mahrez, Beni-Soumeur, Oulad-Sidi-Slimen, Blal-Cheragas, Matmatas, Haraouat et Beni-Zoug-Zoug.

le Ouarsenis à l'ouest, le pic de Taza à l'est, le Djebel-Ennedate au sud et la plaine du Chélif au nord, que se tiennent, pour le plus grand nombre, les lions et les panthères de la partie centrale de l'Algérie.

Dans cette grande superficie, vivent et se meuvent, autant que cela peut s'apprécier, une douzaine de lions et panthères, y compris ceux que l'on désigne sous le nom de *Berranis*, étrangers, qui viennent accidentellement du Dir-Guezoul, du Djebel-Dira et du Zakkar.

La gent léonine est ainsi composée de deux tiers environ d'indigènes, à demeure dans le pays, et d'un tiers de vagabonds.

Il faut croire que la reproduction de ces intéressants animaux ne dépasse pas la destruction qui s'en fait, car, au lieu d'augmenter, ils diminuent.

On peut prédire à coup sûr que, dans une vingtaine d'années, si on ne s'avise d'assurer la conservation de l'espèce par la défense de tuer les adultes au moment de la reproduction, il n'en restera que de bien rares spécimens, qui finiront même par disparaître tout à fait.

Et ce serait grand dommage, à mon avis!

Ce noble roi des animaux, ce type du courage, de la force et de la magnanimité, ne doit pas disparaître, comme un simple ruminant, d'un pays où nous l'avons encore à notre portée. Non, il ne le faut pas! ne serait-ce que pour conserver comme sujet de comparaison, et pour la plus grande émulation du genre humain, cette énergique et puissante bête.

N'y aurait-il pas encore opportunité de ménager à nos arrière-neveux, sous prétexte de chasses et d'aventures périlleuses, quelques émotions propres à former

soupape pour les organisations batailleuses et destruc-
tives?

Je livre ces réflexions à la sagesse des penseurs de
notre époque qui ont tant à faire, et reprends le fil de
mon récit.

Ces quelques lions, disséminés sur un si grand pays,
pourraient y vivre inaperçus, s'ils ne prenaient à tâche
de se révéler par leurs déprédations. Mais la consommation qu'ils font, surtout en hiver, de bœufs, de vaches, de moutons, de brebis, quelquefois de chevaux,
met bientôt en émoi les tribus dont les troupeaux sont
soumis à cette onéreuse contribution.

Il n'est bruit alors que de bœufs *cassés*, de moutons
engloutis! Les récits s'accroissent et se propagent
comme l'histoire de l'homme qui a pondu un œuf! Les
Arabes ne s'abordent plus dans les marchés, les tàams(¹)
et les djemâas, qu'en se racontant les orgies du lion.

La plupart des tribus arabes se contentent de gloser
sur les méfaits du seigneur à la grosse tête, espérant
par cette conduite pleine d'abnégation et de prudence
toucher sa générosité, le détourner de leurs troupeaux;
— et de fait, il semble y avoir quelque fondement dans
cette espérance, qui n'est pas toujours déçue, comme
je le dirai plus tard.

D'autres tribus, au contraire, quand le lion se montre
chez elles, le traquent et le combattent jusqu'à ce que
mort s'ensuive.

La tribu des Beni-Mahrez est une de ces dernières.

(¹) Les *tàams* sont de grands festins en l'honneur des marabouts vénérés.
Les *djemâas* sont des réunions où se traitent toutes les affaires publiques
de la tribu.

Depuis un temps immémorial, elle est en délicatesse avec les lions; sa situation en est la principale cause.

Placée entre le Djebel-Ennedate et le Djebel-R'ilass, les deux grands repaires de ce massif montagneux, les lions passent forcément sur son territoire en allant de l'un à l'autre, et se sustentent à ses dépens.

J'ai fait un relevé de la moyenne des bestiaux mangés en onze ans par les lions et panthères aux Beni-Mahrez; j'ai trouvé ces chiffres en moyenne par année :

```
Chevaux, juments ou poulains .  .  .  .    .  .   3
Bœufs ou vaches.  .  .  .  .  .  .  .    .  .  25
Moutons ou brebis .  .  .  .  .  .  .  .    .  75
```

Soit une valeur de cinq mille francs environ, prélevée sur une tribu qui ne compte pas plus de cent tentes.

On peut dire généralement qu'il n'y a chez les Arabes que les gens qui sont par trop agacés de la perte de leurs bestiaux qui combattent le lion.

Chez les Européens, c'est autre chose : ceux qui sont chasseurs sont entraînés par ce que l'on peut appeler la vocation de tout tuer.

C'est une monomanie, comme celle de certains naturalistes de tout collectionner.

Tant qu'il manque une peau à l'un, une plante ou un insecte à l'autre, leur bonheur n'est pas complet.

Le chasseur veut pouvoir dire : « J'ai tué de toutes les bêtes possibles ! »

Le naturaliste veut pouvoir se glorifier que pas un échantillon des genres qu'il collectionne ne lui a échappé.

Et, pour atteindre ce résultat si désiré, tous deux sont capables de tout !

J'appartenais, paraît-il, à l'une de ces catégories, lorsque je fus, en 1844, nommé chef du bureau arabe de Téniet-el-Hâd.

J'avais commencé à chasser à l'âge de douze ans; beaucoup de bêtes déjà avaient été mes victimes, mais je n'avais pas encore eu l'occasion de m'attaquer aux lions. Une longue résidence à Téniet-el-Hâd, située sur le territoire des Beni-Mahrez, devait me la fournir.

Je n'étais pas à mon poste depuis quinze jours, que j'entendais parler des lions, de leur proximité, de leurs ravages, etc.

L'idée que je pourrais en tuer me vint alors et me donna un frisson de... joie, je pense; mais cette idée ne put de sitôt s'exécuter.

Très occupé, à mon début, de l'organisation du pays, et aux nombreuses expéditions dans le Ouarsenis, le Dahra et les hauts plateaux dont Téniet-el-Hâd était la base d'opérations, je ne fus un peu libre de mon temps que vers le commencement de 1846.

C'est à cette époque que je me mis en relations avec un personnage important des Beni-Mahrez, nommé El-Mokhtar-bel-Arbi; il était frère de mon chaouch et alors caïd de sa tribu.

Lorsque je fis sa connaissance, il avait déjà tué quatorze lions et trois panthères.

Cela était de notoriété publique et m'avait été affirmé par tous les Arabes du cercle; car je n'avais jamais pu obtenir de ce trop modeste Nemrod de me parler longuement de ses chasses, de me dire le chiffre exact de ses victimes.

Quand je le poussais trop sur ce point, il finissait (à l'encontre de ce qui a lieu dans les narrations des chasseurs) par m'avouer à peine la moitié de ses triomphes.

Il agissait ainsi, du reste, envers tous ceux qui le mettaient sur ce sujet, et prétextait une affaire quelconque pour rompre l'entretien, si on faisait mine de le prolonger.

J'ai su depuis que la crainte du mauvais œil (1) lui faisait employer ce subterfuge, ou cette extrême réserve, comme on voudra.

Quoi qu'il en soit, El-Mokhtar tuait proprement les lions et les panthères, tout seul.

Son procédé était très simple : il suivait leurs traces sur le sol détrempé par la pluie ou couvert de neige, il les abordait dans leurs répaires, et là, à la distance de quelques pas, il leur envoyait, avec un vieux fusil dont personne n'aurait donné dix francs, une balle si sûre que la plupart du temps la bête ne s'en relevait pas.

Je veux anticiper sur mes souvenirs pour raconter un trait qui fera encore mieux connaître cet intrépide Bédouin.

Un jour que nous avions suivi en vain, pendant toute une journée, les traces d'une panthère, nous vîmes celle-ci, à l'approche de la nuit, pénétrer dans une caverne sous un gros rocher, à une centaine de pas de nous.

Nous y allâmes aussitôt, et notre première idée fut de faire du feu à l'orifice de la caverne pour enfumer la bête et l'obliger à sortir.

Pendant que je tenais mon fusil braqué à l'ouverture,

_____

(1) La croyance à l'influence du mauvais œil est très accréditée chez les Arabes. Ceux qui possèdent quelque chose d'enviable moralement ou physiquement cherchent à s'en préserver en cachant ou en dissimulant le plus possible ce qui peut être convoité par autrui ; l'usage veut, quand on a à louer chez quelqu'un une qualité ou une possession quelconque, d'ajouter : « Que Dieu bénisse et préserve du mauvais œil ! »

El-Mokhtar allumait des herbes et des broussailles dont il dirigeait la fumée, en l'éventant avec un pan de son

Campement arabe.

FUMÉE.

burnous, dans l'intérieur du trou où avait disparu la panthère.

Après une demi-heure de ce manège que nous avions

2

cru devoir être efficace, la bête ne se décidant pas à
sortir, j'allais proposer à El-Mokhtar de nous en aller,
lorsque je le vis se défaire de ses vêtements, enrouler
son burnous comme un manchon autour de son avant-
bras gauche, et, sa main droite armée de son couteau
à raser, se mettre à plat ventre pour entrer dans la caverne.

— Que fais-tu? lui dis-je.

— Tu le vois bien!... Puisqu'elle ne veut pas sortir,
je vais aller lui couper le cou...

Et il se glissa la tête la première dans l'entrée de la
caverne. Je l'appréhendai au corps et lui intimai d'en
rester là de son entreprise, qui me paraissait insensée...
J'eus toutes les peines du monde à l'empêcher de la
mener jusqu'au bout.

« Je connais ce trou, me dit-il. Il est assez étroit
pendant quelques pas, mais ensuite il s'élargit, on peut
s'y tenir debout... Quand la panthère s'élancera sur
moi, je lui présenterai mon bras gauche, et pendant
qu'elle mordra dans le burnous, je lui ouvrirai le
ventre avec mon couteau. J'ai fait cela souvent avec
des hyènes... »

Il l'eût fait encore comme il le disait et sans plus
d'emphase, mais je ne voulus y consentir en aucune
façon. Finalement j'emmenai mon homme, qui ne se
fit faute de maugréer d'avoir été arrêté dans une si
belle aventure!

Je ne pouvais choisir, comme on le voit, un meilleur parrain pour faire mes premières armes en ce genre.

Un jour donc que El-Mokhtar m'apportait son troisième lion depuis mon arrivée à Téniet-el-Hâd, je lui
fis la proposition d'aller avec lui pour essayer d'en
tuer aussi.

Cette ouverture ne fut pas d'abord bien accueillie. Il craignait qu'il ne m'arrivât mésaventure, et considérait comme bien grosse la responsabilité de me mettre aux prises avec de si rudes adversaires.

Néanmoins, comme j'insistai beaucoup, et bien convaincu, comme il le disait, *que j'étais maître de ma balle,* il finit par céder à mes instances.

Il avait justement ce jour-là connaissance d'un autre lion, sans doute frère de celui qu'il avait tué la veille, lequel venait régulièrement chaque nuit, depuis une semaine, enlever des brebis dans un douar (¹) peu éloigné du sien.

Il était probable que ce lion ferait encore de même la nuit prochaine (²) : nous pourrions alors suivre ses traces, le terrain étant détrempé, et le tirer dans son repaire, si Dieu en avait décidé ainsi.

Il fut convenu séance tenante avec El-Mokhtar que, le lendemain matin, nous nous rencontrerions près de sa maison et que nous nous mettrions en chasse aussitôt, si les prévisions se réalisaient.

Mon intention avait été d'aller seul avec lui, pour ce coup d'essai; mais la nouvelle de mon projet s'étant répandue, des auxiliaires de bonne volonté se présentèrent pour se joindre à nous.

Ce fut d'abord mon adjoint, M. le lieutenant Scriziat, puis deux officiers du 2ᵉ bataillon d'Afrique, un de spahis, mon chaouch El-Mebrouck, et cinq ou six cavaliers indigènes désireux en cette circonstance de faire preuve de zèle.

(¹) *Douar,* réunion de tentes arabes formées en rond.

(²) Il arrive parfois que le lion s'acharne sur les troupeaux d'un même douar, quand celui-ci est isolé et près du lieu qu'il hante, à ce point que les Arabes changent de campement d'hiver pour se soustraire à ses ravages.

J'aurais eu mauvaise grâce de leur refuser d'assister à cette chasse. Nous partîmes donc le lendemain matin, au nombre d'une douzaine de tireurs et de quelques cavaliers pour tenir nos chevaux.

Nous trouvâmes El-Mokhtar au rendez-vous, avec d'autres Arabes de ses administrés qui voulaient aussi suivre la chasse. Il nous donna la bonne nouvelle que le lion avait pris une brebis, selon son habitude, au douar qu'il soumettait à rançon depuis huit jours, lequel était peu distant de nous.

Il avait neigé la nuit, les pattes du lion étaient fortement empreintes sur le sol; elles mesuraient une grande main ouverte, ce qui indiquait une bête de la plus grande taille et nous donnait l'assurance de la pouvoir suivre.

El-Mokhtar aurait aussi préféré voir moins de monde réuni pour cette expédition. Il savait par expérience que plus on est, moins on réussit, et que les accidents sont plus nombreux.

Il nous montra, à environ 1 500 mètres, sur une pente boisée du Djebel-R'ilass, deux de ses parents qui suivaient lentement les traces et les relevaient en attendant notre arrivée.

Nous allâmes à eux, et nous pûmes tous nous donner un avant-goût de la bête en contemplant les empreintes énormes qu'elle avait laissées sur la neige.

C'est vers deux heures du matin, nous dit-on, que le lion avait pénétré au milieu des tentes, en franchissant un abatis de branchages auquel elles étaient adossées.

Il lui avait fallu sauter au moins quatre mètres en hauteur sur dix de largeur pour pénétrer dans l'enceinte! Il avait pris, en tombant comme la foudre un milieu du troupeau (¹) qui s'y trouvait parqué, une grosse brebis; puis, d'un même élan, avait franchi de nouveau tentes et abatis.

N'ayant pas été inquiété dans sa retraite, il était allé manger, à deux cents mètres de là, la susdite brebis, dont il n'avait laissé que quelques flocons de laine.

El-Mokhtar, très au courant des habitudes des lions qui fréquentent le pays, fut consulté sur les dispositions à prendre.

(¹) On ne se figure pas le trouble et la confusion qu'amène une pareille scène.

J'en fus témoin une nuit que, m'étant attardé à la chasse, je couchai chez les Matmatas. Je m'étais profondément endormi après avoir fait honneur au souper que les pauvres gens chez lesquels j'avais demandé l'hospitalité m'avaient offert.

Tout sommeillait dans le douar, lorsque le lion, sans avoir été comme d'habitude annoncé par les chiens, bondit en rugissant au milieu des tentes.

A cette subite agression, à cette voix puissante, répondit un immense cri d'angoisse de tout ce qui vivait dans le douar.

Un irrésistible mouvement d'effroi s'empara des gens et des bêtes : chevaux, bœufs, moutons, chiens, se ruèrent dans les tentes pour y chercher refuge et foulèrent aux pieds hommes, femmes et enfants.

Pendant un bon moment, ce fut un pêle-mêle tourbillonnant duquel sortaient des cris, des pleurs, des lamentations, renforcés de bêlements et d'aboiements à rendre sourd pour la vie.

Le lion n'avait mis que quelques secondes pour commettre son larcin et s'élancer avec sa brebis en dehors du douar, mais l'émoi qu'il avait causé dura jusqu'au jour.

Ce qu'il y a de plus bizarre, c'est que ce furent les femmes qui les premières, se dégageant de la mêlée, se mirent à poursuivre le lion pour lui reprendre sa proie.

Il en est souvent ainsi chez les Arabes, notamment chez les Matmatas, qui croient que le lion ne fait aucun mal à la femme. Trois ou quatre des plus ingambes s'armèrent à la hâte de tisons encore embrasés et coururent sur les traces du ravisseur en lui criant : « O trahisseur des musulmans, tu te couvres de honte en prenant le bien des femmes et des orphelins. Laisse-nous notre brebis, pour l'amour de Dieu... va dérober chez les puissants; les sultans ne font la guerre qu'aux sultans! »

Le lion ne se laissa point séduire par ce discours, comme les Arabes prétendent que cela lui arrive quelquefois; il avait sans doute trop faim

— « D'après la direction des traces, nous dit-il, et l'heure à laquelle le lion a mangé, il doit être allé cuire sa viande (1) dans le fourré des Saules ou du Rocher-du-Corbeau. — Je vais vous précéder de quelques centaines de pas, parce que vous faites trop de bruit avec vos chevaux... Je relèverai la piste avec soin, et quand j'aurai la certitude que le lion est dans l'un des fourrés, je vous ferai signe de mon burnous; vous mettrez alors pied à terre et me rejoindrez dans le plus grand silence. Nous aviserons ensuite. »

Les choses ainsi convenues, nous laissâmes El-Mokhtar nous devancer, après quoi nous reprîmes notre marche.

Notre éclaireur se dirigea sur le fourré des Saules, où pénétraient les traces; il en fit le tour avec précaution, puis, les ayant retrouvées à la sortie, il continua sa marche lente et silencieuse, que nous suivions à distance.

Nous nous dirigeâmes cette fois sur le repaire de

---

pour le quart d'heure, il emporta bel et bien la brebis et s'en fut la croquer à son aise dans le bois.

Les femmes revinrent exaspérées de leur insuccès. — Quant à moi, l'événement m'avait surpris enveloppé dans mes burnous et un tapis; j'en fus quitte pour avoir été piétiné pendant deux minutes par trois vaches et leur progéniture.

Le lion rend la vie très dure aux gens dans le voisinage desquels il se cantonne, et, selon l'expression arabe, il leur enlève le sommeil des yeux.

Il est vrai qu'il n'attaque pas toujours, mais, par l'appréhension qu'il donne de sa visite et par ses rugissements, il maintient les douars à deux ou trois lieues à la ronde dans un état d'anxiété fort pénible : les hommes veillent toute la nuit, en poussant de minute en minute des cris perçants et en jetant en l'air des tisons enflammés, quand les chiens, par leurs aboiements furibonds, annoncent l'approche du lion.

(1) *Cuire sa viande* est l'expression usitée pour dire du lion qu'il fait sa digestion. Celle-ci est souvent pénible quand il a beaucoup mangé; il se tord, s'étire et gronde sourdement. C'est alors que les Arabes disent : *Sbâ rah itebeukkr lagmou*, — Le lion cuisine sa viande.

Kef-el-R'orab (¹), qui était à deux kilomètres de nous.

Une bonne demi-heure nous conduisit au pied d'une grande colline, boisée de chênes verts, au milieu de laquelle s'élevait un énorme rocher formant plate-forme. C'était la Kef-el-R'orab. Nous vîmes bientôt El-Mokhtar poindre à son sommet, nous faire signe de mettre pied à terre et de venir à lui.

Nous laissâmes nos chevaux à la garde de nos cava-liers, et nous allâmes vers El-Mokhtar, qui de son côté vint à notre rencontre et nous dit en baissant la voix :

« — Le lion est là, dans le gros buisson que vous voyez sous le rocher. Je l'ai entendu pousser un léger rugissement d'éveil, la viande qu'il a mangée le tour-mente ; faites silence, vous allez me suivre en marchant tous dans mes pas, nous irons ainsi nous poser sur le rocher, c'est de là que nous tirerons sur le lion, s'il est possible. — Je vous recommande de ne pas dé-charger vos fusils dans le vide. Si les balles ne tou-chent pas à la cervelle ou au cœur, ce sera du vent ! et le lion se disputera avec nous !... »

Ayant dit, il prit la tête de la file ; je marchais après lui, suivi de mon adjoint et successivement des autres tireurs.

J'avoue qu'à ce moment nous n'étions pas les uns et les autres sans une certaine émotion.

Le combat allait évidemment s'engager. Nous sa-vions par ouï-dire que le lion, malgré ses blessures, ou plutôt à cause d'elles, fonçait sur ses agresseurs et avait presque toujours assez de vigueur pour en cas-ser (²) plusieurs avant d'expirer !...

(¹) Rocher-du-Corbeau.
(²) Casser est l'expression arabe : *Sbâ kesser li feurd*, — Le lion m'a cassé un bœuf, pour m'a tué un bœuf. — Cette locution fait image.

N'est-il pas vrai aussi qu'un genre de péril que l'on n'a pas encore affronté prend souvent dans l'imagination une importance plus grande que dans la réalité?... Donc le pouls nous battait plus vite, cela est certain.

Nos armes avaient été chargées avec soin. J'avais pour mon compte une carabine de chasseurs à pied, du gros calibre. Elle était d'une justesse suffisante et je me promettais de ne m'en servir qu'à bon escient.

El-Mokhtar, après nous avoir fait exécuter un circuit pour donner moins d'éveil, nous conduisit sur le sommet de Kef-el-R'orab.

Ce rocher surplombait à pic, d'une hauteur de plus de quinze mètres, le fourré dans lequel était le lion : mais le bois en était si dru que, malgré l'élévation et notre vue plongeante, nous ne pouvions rien découvrir.

A mesure que nous arrivions sur le rocher, nous nous placions les uns à côté des autres sur un rang, les fusils armés et prêts à mettre en joue.

Les deux tiers de notre troupe avaient déjà pris place de cette manière et sans faire de bruit, lorsqu'un des derniers Arabes, en marchant sur la partie déclive du rocher, glissa en arrière en laissant échapper son fusil, qui rendit sur la pierre un son de ferraille.

A ce moment, le lion, qui sans doute nous voyait agir depuis quelques instants et n'attendait qu'un prétexte pour se révéler, répondit à ce bruit, qu'il prit pour un début d'hostilités, par un rugissement formidable qui nous donna la chair de poule (¹)!... En même

(¹) Ou mieux, qui nous hérissa le poil. — J'ai éprouvé ce phénomène qui est un effet purement physique. Aussi, quand je dis que nous eûmes la chair de poule, il ne faut pas en conclure que nous eûmes peur, pour dire

temps il s'élança vers nous du milieu de son fourré,
en couchant sous son élan de jeunes chênes de la
grosseur du bras, comme s'ils n'eussent été que des
roseaux !...

D'un bond il ne pouvait franchir notre rocher.

Bien nous prit, et nous ne fûmes pas longtemps à le
reconnaître, d'être placés assez haut pour que, de ses
premiers bonds, il ne pût nous atteindre.

Il nous aurait certes fait un mauvais parti, malgré

le mot. — Ce que je ressentis était une sorte d'horripilation, une surexcitation nerveuse, qui doublait mes facultés plutôt que de les amoindrir.

quelques balles qu'il reçut d'une décharge presque générale, mais qui n'eurent d'autre effet que de le rendre plus furieux!...

La hauteur de notre rocher était trop grande pour qu'il parvînt à la franchir; il le tenta néanmoins à plusieurs reprises par des sauts prodigieux, en poussant des rugissements qui agaçaient nos nerfs et vibraient fortement en nous [1].

J'avais réservé mon feu ainsi que El-Mokhtar, ce qui nous permit, après les efforts que le fier animal fit pour arriver jusqu'à nous, de le bien viser et de le tirer au bas de l'escarpement, dans un moment où il s'apprêtait à un nouvel assaut.

La balle d'El-Mokhtar lui entra par le poitrail, longea les côtes sous l'épaule droite et sortit par le flanc, ne lui faisant ainsi qu'un séton. La mienne, qui avait été tirée au front, n'eut pas cette destination, par suite d'un de ses brusques mouvements de tête; elle pénétra dans la gueule, cassa une grosse dent du bas et sortit par la joue en entamant la mâchoire inférieure.

Ces deux nouvelles blessures portèrent au comble son exaspération; de sa queue qui sifflait dans l'air, il se battait les flancs avec rage, ses pattes de devant arrachaient des racines d'arbre et des pierres qu'elles faisaient voler en arrière comme lancées par une fronde.

Ce commencement d'action n'avait pas encore duré deux minutes, lorsque, voyant qu'il ne pouvait nous joindre, le lion sembla prendre un parti et se mit à fuir vers notre droite; nous le pensions du moins, et j'en fis la remarque à El-Mokhtar.

[1] Les Arabes disent que le lion rugit dans le ventre de ceux qui l'attaquent. Cela nous sembla vrai, tant les vibrations de cette voix puissante nous pénétraient.

Mais celui-ci, mieux avisé, me répondit : — « Détrompe-toi, il ne fuit pas, il va nous tourner, et bientôt nous l'aurons sur nos derrières. — Je vous conseille à tous de monter sur les arbres. Le lion est blessé, mais il est encore fort, et veut manger quelqu'un avant de mourir !!!... »

Le conseil était bon à suivre, nous fîmes choix à la hâte des chênes les plus rapprochés pour y monter.

Nous fûmes encore stimulés dans notre ascension par les cavaliers à la garde desquels nous avions laissé nos chevaux. Placés à cent cinquante mètres de nous sur un piton élevé, ils virent le lion qui nous tournait ; ils nous crièrent : — « O les gens ! — vite les arbres, — les arbres, — voilà le lion ! il vous arrive, — il vient sur vous du côté droit... »

Effectivement, à peine étions-nous juchés sur nos chênes, dont la plupart, peu élevés, ployaient sous notre poids, que nous le vîmes apparaître, nous cherchant des yeux.

Il était effrayant d'aspect ; sa gueule, à chaque contraction, lançait une écume sanglante, ses yeux injectés semblaient jeter des lueurs rouges. Sa longue crinière noire, hérissée et rabattue sur son front, le faisait paraître énorme... Sa queue, fouettant autour de lui, abattait les branches des arbres.

C'était un des plus grands lions que l'on ait jamais vus, et, dans l'action, il nous parut démesurément long et haut.

Il aurait pu nous cueillir sur nos arbres comme des pommes mûres, s'il l'eût voulu.

Rien qu'en se dressant sur ses pattes de derrière, il pouvait atteindre le plus haut perché d'entre nous ; mais le lion ne grimpe pas comme la panthère.

Il se contenta de courir d'un arbre à l'autre dans la direction des coups de fusil et des cris qui les accompagnaient.

Nous avions fini par nous griser au bruit de la poudre et aux rugissements de notre brave adversaire; c'était à qui l'interpellerait le plus fort, et Dieu sait comment, surtout quand il allait vers un arbre qui recélait un des nôtres; — les cris redoublaient alors, afin d'attirer ailleurs son attention. Nous faisions de même quand il allait vers nos chevaux, qui se cabraient et hennissaient de frayeur.

Le combat dura ainsi pendant un quart d'heure; nous, tirant sur le lion quand nous l'apercevions à découvert, entre les arbres; lui, courant dans toutes les directions vers les appels et les coups de fusil, qui de moment en moment lui causaient de nouvelles blessures...

Enfin, s'étant une fois plus rapproché de moi en me prêtant le flanc gauche, je lui tirai ma troisième balle qui l'atteignit au cœur. Il s'affaissa sur ce coup qui fut salué des plus bruyantes acclamations!!!...

Le croyant mort, nous descendîmes de nos arbres pour aller le contempler de près, sans attendre, comme nous le disait El-Mokhtar, que son sang se fût refroidi.

A peine avions-nous fait quelques pas vers lui, que dans un suprême effort de sa violente agonie il se releva sur ses pattes et fit deux ou trois pas comme pour s'élancer sur nous.

Nos fusils étaient déchargés, une lutte corps à corps dans ce moment nous tentait moins que jamais... Instinctivement nous fîmes volte-face et courûmes vers nos arbres tutélaires... Ceux qui en étaient les plus rapprochés s'y élancèrent avec la conviction que le lion était sur leurs pas.

Nouvelle émotion, comme bien on pense.

Mais celui qui ressentit la plus forte à cet instant fût mon adjoint, M. Scriziat.

Il portait une grande ceinture de laine qui s'était déroulée pendant sa course; au moment où il se cramponnait à l'arbre, elle s'accrocha à un buisson et le

El-Mokhtar.

tira en arrière, il crut que c'était le lion qui l'appréhendait par son paletot et allait le mettre en lambeaux... Cette sensation ne dura qu'une seconde, il est vrai, mais il avoua sans trop de peine qu'elle lui avait été particulièrement désagréable.

C'était là le dernier effort du lion; il retomba presque aussitôt, en exhalant sa vie dans un dernier et sourd rugissement.

Nous pûmes alors l'approcher à notre aise.

Il avait reçu dix-sept balles. La dernière tirée, recon-

naissable par sa grosseur, avait causé sa mort en fra-
cassant la cinquième côte et en venant se loger au cœur.

Nous fûmes longtemps à repaître nos yeux du spectacle de ce magnifique animal étendu à nos pieds; nous
étions pour ainsi dire fascinés...

Les Arabes des environs, attirés par le bruit de la
lutte, vinrent aussi contempler l'ennemi de leurs troupeaux. Hommes, femmes, enfants, rangés autour de
lui, parlaient et gesticulaient avec véhémence.

Ceux du douar, aux dépens desquels il s'était nourri
quelques jours, ne lui ménagèrent pas les reproches.
« Dieu a enfin pris justice sur toi, lui dirent-ils. —
C'est la vengeance des brebis que tu as mangées, qui
pèse sur ta destinée! — Ton jour est arrivé et c'est ce
jour qui t'acquitte de la dette de sang! »

Des jeunes gens, moins mesurés dans leur rancune,
lui disaient : « Eh! fils de chien, tu as trouvé d'autres
adversaires que des bœufs et des moutons! — La poudre
t'a mangé à son tour, les balles t'ont cassé les os! »

Les femmes, plus surexcitées que les hommes peut-
être, lui jetèrent aussi leurs bravades à la face. — « O
brandon de feu, voleur de nuit, mangeur du bien des
pauvres! tu ne rugiras plus près de nos tentes! Tu ne
feras plus peur à nos enfants!!! »

Et tous, en s'extasiant, répétaient : « Quelle tête, ô
Dieu, mon maître! Quelles pattes puissantes! Quelles
griffes pour déchirer la chair! Quelles dents pour moudre
les os!

» — Oui, c'est bien là le roi des animaux!... »

Retiré à l'écart, j'étais, moi, pendant cette scène,
sous l'empire d'impressions différentes; l'excitation du
combat était tombée, je considérais ce lion qui ne m'a-

vait causé aucun dommage ; je me disais que j'avais été
sans doute la première cause de sa mort. Je reconnais-
sais n'avoir été mû que par la vanité de pouvoir dire :
« J'ai chassé le lion. »

Et je trouvais que c'était un sentiment mesquin à
côté de la grande mort de cette courageuse bête, qui
nous avait tous bravés, jusqu'au moment où nos pro-
jectiles seuls avaient eu raison de sa vie.

Lorsque je revins près du lion, pour le faire charger
sur deux chevaux attelés de front, j'eus comme un re-
mords, et assurément j'étais triste.

Peu après, je remarquai que ce sentiment était par-
tagé par la plupart des acteurs de ce drame.

N'est-ce pas encore là une preuve que, lorsque la
mort frappe les grands et les forts de ce monde, elle
impressionne davantage que quand elle fait sa moisson
des petits ?... Elle semble vous dire bien haut : « Personne ne trouve grâce devant moi ! » Et alors on comprend bien que cette sentence est sans appel.

Le lendemain matin, notre lion fit son entrée (que je
suis tenté d'appeler triomphale) sur ses deux chevaux,
dans Téniet-el-Hâd.

Un seul n'aurait pu le porter !

Tous les soldats de la garnison, la population du village, vinrent le voir à leur tour et manifester leurs impressions, qu'il eût été curieux de recueillir à cause de
leur originalité.

Peu d'animaux émeuvent autant la fibre humaine que
le lion : aussi en fut-il longuement parlé, et presque
toujours en termes d'apologie pour sa force, son courage, vertus si populaires parmi nos paysans et nos

soldats, qu'ils aiment à les louer partout où ils les rencontrent.

Ce n'est que bien avant dans l'après-midi, lorsque la curiosité fut satisfaite, que je pus le faire dépouiller de sa grande peau, que j'ai conservée en souvenir de mon début.

A partir de ce jour, je ne rêvai plus que chasse au lion, malgré mes dernières réflexions et ma considération particulière pour ce digne animal.

Ce premier succès m'avait mis au cœur une véritable passion que bien des fatigues, bien des courses inutiles et de longues nuits blanches passées à l'affût, n'ont pu affaiblir.

Cette première chasse me confirma en outre dans la résolution de ne chasser le lion désormais que seul ou avec un solide compagnon.

J'ai expérimenté dans mes chasses suivantes que cela valait mieux ainsi; les chances de succès sont plus favorables. Il y a moins d'accidents à redouter de la part des tireurs peu expérimentés, et enfin la gloriole, — puisque gloriole il y a, — est plus avouable quand on parvient à tuer son lion en tête-à-tête.

La panthère était allongée le long d'une grosse branche.

MA PREMIÈRE PANTHÈRE

Quelques mois après ma première chasse au lion, des Arabes vinrent me prévenir que des vaches et des génisses, appartenant à un douar des Oulad-sidi-Yahia, étaient presque journellement tuées et mangées dans les bois où elles allaient au pâturage. La nuit même, les bestiaux étaient attaqués dans l'enceinte du douar.

On soupçonnait deux panthères d'être les auteurs de ces dégâts ; les pauvres gens auxquels appartenaient les bêtes mangées étaient dans la consternation.

Ainsi que je l'ai dit déjà, après mon premier succès à la chasse au lion, ma passion pour la rencontre de ces animaux s'était démesurément accrue ; je ne songeais qu'aux occasions qui pouvaient me mettre aux prises avec eux.

Lors donc que je sus, par la rumeur publique, ce qui se passait chez les Oulad-sidi-Yahia, j'envoyai chercher le chef du douar pour lui demander des détails précis qui me permettraient d'essayer de joindre les bêtes en question.

Ma bonne fortune me servit à souhait : le chef de ce douar était justement un nommé Kaddour-ben-Moussa, qui, l'année d'avant, avait eu une lutte terrible avec une panthère et conservait rancune à la race féline, on va voir pourquoi.

Le campement d'hiver (¹) de Kaddour-ben-Moussa et des siens était situé dans la partie la plus accidentée et la plus boisée du principal contre-fort de la magnifique forêt de cèdres de Téniet-el-Hâd, dans un lieu nommé la caverne du Fantôme.

Presque tous les ans, ils avaient dans cet endroit, privilégié, du reste, comme site pittoresque et grandiose, des bestiaux dévorés. L'année précédente, notamment, Kaddour en avait eu plusieurs de mangés. Un jour surtout, un jeune taureau auquel il tenait beaucoup avait été tué par la panthère en plein midi.

Kaddour, exaspéré de toutes ces pertes, se décida enfin à aller attaquer à son tour la panthère dans son refuge et à lui faire expier toutes ses déprédations.

Pour mener à bien cette résolution, il fit un appel à la bonne volonté de ses frères et de quelques amis du voisinage, qui s'empressèrent d'y répondre.

Ceux-ci, au nombre de huit, après avoir bien chargé leurs fusils et leurs pistolets, s'être promis aide et secours réciproques, se mirent, avec Kaddour à leur tête, sur les traces de la panthère.

Ils les suivirent pendant assez de temps sur une longue crête boisée et rocheuse, qui aboutissait à un escar-

(¹) Les Arabes du Tell, quoiqu'ils ne soient pas nomades, changent plusieurs fois de campement dans le cours de l'année, surtout au printemps et à l'automne, pour mieux faire paître leurs bestiaux et fumer les terres par le parcage. Le campement d'été et celui d'hiver sont les plus stables, le premier à cause des récoltes à faire, et le second en raison des labours et d'une installation plus confortable en gourbis et abris pour les bestiaux, que nécessite la saison froide. Le campement d'hiver dure de quatre à cinq mois sur le même emplacement.

pement à pic d'une très grande hauteur. Cet escarpement était couronné par un buisson au milieu duquel s'élevait un beau chêne vert.

Les traqueurs, en approchant de ce repaire, ne doutaient pas que la bête qu'ils suivaient n'y fût réfugiée. Ils redoublèrent donc de précautions; mais, après avoir fouillé le buisson, ils reconnurent qu'il était vide. Ils s'en étonnèrent beaucoup, parce que les traces y pénétraient et ne reparaissaient plus dans aucune direction.

Ils allaient revenir sur leurs pas, lorsque Kaddour s'avisa de lever la tête et de regarder dans l'arbre. Quelle ne fut pas sa surprise en découvrant, tapie et allongée le long d'une grosse branche, la panthère qu'ils poursuivaient! Pour se soustraire à une rencontre que sans doute elle redoutait, elle avait grimpé comme un chat et cherché un refuge dans les branches du chêne.

Kaddour, par une exclamation involontaire, eut bien vite attiré l'attention de ses compagnons sur leur ennemie, et celle de celle-ci sur lui-même en la fixant du regard et en l'ajustant de son fusil. Quatre ou cinq coups de feu qui partirent presque en même temps atteignirent la panthère en plein corps. Elle tomba lourdement au pied de l'arbre.

Kaddour, la croyant morte, s'avança pour la voir de près, mais mal lui en prit. La panthère avait encore une grande vitalité; en voyant son principal agresseur s'avancer, elle s'élança vers lui.

Kaddour, assez surpris, mais imaginant qu'elle était trop blessée pour être redoutable, jeta son fusil qui était déchargé, tira la lame de sa chir'a (1) et voulut se défendre. Mais il avait à peine fait ces mouvements que la

(1) Sorte de couteau de chasse, très affilé et très pointu.

panthère était sur lui, la gueule béante et la griffe haute!...

D'un mouvement instinctif et comme pour se préserver des morsures, Kaddour enfonça résolument son bras gauche dans cette énorme gueule en essayant d'en saisir la langue; en même temps, de sa main droite, il portait des coups de son arme sur les pattes et sur le flanc de la panthère.

C'était, comme on le voit, une véritable lutte corps à corps, dans laquelle n'osaient même pas intervenir les frères du malheureux, qui appelait à l'aide.

En quelques secondes, il fut renversé par la panthère, qui s'accroupit sur lui et se mit à le labourer de ses griffes et de ses crocs.

A cet instant seulement, ceux qui n'avaient pas tiré saisirent un peu d'immobilité dans le groupe, appuyèrent le bout de leurs fusils sur les reins de la bête, firent feu et la foudroyèrent sur le corps de leur infortuné compagnon.

Kaddour ne donnait plus signe de vie; il avait le bras gauche broyé jusqu'au coude, la peau du crâne et de la figure était lacérée, l'œil gauche arraché; sa poitrine, enfin, sur laquelle s'étaient exercées les pattes de la panthère, n'était qu'une plaie.

C'est dans cet état que Kaddour fut rapporté dans sa tente, où l'attendaient les lamentations de ses femmes et de ses enfants.

Cependant on s'aperçut qu'il respirait encore. On lui prodigua tous les soins imaginables, et, contre toute espérance, il guérit de ses graves et nombreuses blessures. Mais le pauvre homme resta défiguré, et, pour ne pas être un objet d'horreur, il était obligé de se voiler la moitié de la face avec son haïck.

Je connaissais Kaddour-ben-Moussa, je tenais de lui et de ses compagnons les détails qui précèdent.

« Eh bien, lui dis-je, quand il vint me toucher la main, les panthères ne veulent donc te laisser aucun répit? Est-il vrai qu'elles s'attaquent encore à tes bestiaux?

» — C'est vrai, me répondit-il, c'est la volonté de Dieu; que puis-je y faire, du reste? tu vois comment j'ai été traité. » Et il me montrait son bras mutilé, sa figure qui ne conservait plus rien d'humain. — « Je ne puis même plus essayer de me venger », ajouta-t-il avec tristesse et résignation.

Je n'avais certes pas besoin d'être stimulé, mais l'émotion que je ressentis en considérant Kaddour-ben-Moussa augmenta encore mon désir de tenir une panthère au bout de mon fusil. Je lui dis alors mon projet, et lui demandai les renseignements nécessaires pour le mettre à exécution.

Nous convînmes que, pour avoir plus de chance de tirer la bête, qui venait chaque soir s'attaquer à ses bœufs, il fallait s'embusquer près du douar, attacher, pour mieux l'attirer, un appât près de l'affût, et cela le soir même.

Il n'y avait donc pas de temps à perdre. Je partis immédiatement avec Kaddour et son khodja (¹), Si-Ahmed-Merzouga, qui me supplia de le laisser se mettre près de moi, non pour tirer, il n'y entendait rien, mais pour voir ce qui adviendrait de la panthère, qu'il couvrait à l'avance de toutes ses malédictions.

Quand nous arrivâmes au douar de Kaddour, le soleil allait bientôt se coucher. Nous fîmes aussitôt,

(¹) *Khodja*, secrétaire.

avec l'aide des gens de bonne volonté, un trou dans lequel je devais me placer avec Si-Ahmed, qui y tenait plus que jamais, depuis qu'il avait entendu les récits lamentables des femmes et des vieillards.

Le trou creusé, je le fis entourer de petites branches d'arbre de façon à simuler un buisson naturel ; puis je fis attacher, à la distance de cinq pas, sur une petite élévation ([1]), les restes d'une génisse tuée la veille par la panthère, presque à l'endroit même où nous étions.

Ces dispositions à peine achevées, le soleil s'était couché ; les bestiaux avaient été rentrés dans l'enceinte du douar, le moment était venu de nous glisser dans notre trou ; ce que nous fîmes.

Les habitants du douar nous souhaitèrent l'aide de Dieu, puis rentrèrent dans leurs tentes, en fermant avec de grosses branches le passage de la haute haie qui les entourait.

Une fois dans notre affût, nous prîmes chacun la position qui nous parut la plus commode pour passer la nuit.

Je me préoccupai surtout de bien découvrir l'endroit où viendrait se placer la panthère pour achever les restes de la génisse ; je dirigeai le canon de mon fusil dans cette direction. Cela fait, je me mis au repos et l'attente commença !

On a déjà écrit *les Réflexions d'un chasseur à l'affût*.

([1]) Sur une petite élévation, c'est-à-dire de façon à ce que la bête qui viendrait pour manger se détachât bien nettement dans le ciel. J'ai toujours eu soin d'établir ainsi mes affûts, ce qui m'a permis, même par les nuits les plus obscures, de bien voir les bêtes qui venaient rôder autour de l'appât ou y mordre, et de placer ma balle à peu près où je voulais ; tous les autres procédés, tels que mettre du phosphore ou un brillant au guidon, etc., ne valent pas la manière que j'indique.

Tuggurt.

C'est un livre que nous devons à la plume d'un gai chasseur, homme d'esprit et de goût.

M. d'Houdetot a pu supposer qu'un chasseur qui affûte un renard, un lièvre, un lapin, avait l'imagination assez libre pour la lancer à travers les souvenirs du passé, ou dans la conception d'idées abstraites et philosophiques.

Il en est, je pense, autrement quand on attend un lion ou une panthère ; l'importance de la bête est alors assez grande pour fixer *la folle du logis* elle-même sur cet unique sujet. Il est vrai qu'elle n'y perd rien ; il faut voir, la vagabonde, à quel travail elle se livre !

Je vais essayer de donner une idée des évolutions qu'elle accomplit en pareil cas.

D'abord elle pose cette question : « La bête viendra-t-elle ? »

Pour y répondre, elle se livre à de nombreuses considérations hypothétiques.

Première considération : sur le temps qu'il fait.

Il est froid, sec et clair, quoiqu'il n'y ait pas de lune. Les étoiles scintillent au firmament... Comme elles sont nombreuses et qu'on aimerait à les regarder, si on n'avait que cela à faire !... En résumé, temps favorable, pas de vent, — c'est parfait.

Deuxième considération : — La panthère, à en juger d'après la quantité de chair absorbée la veille, n'aura pas faim avant minuit. A la rigueur même, elle pourrait se passer de manger pendant deux jours ! Triste perspective !... Si elle allait ne pas venir ! Si elle allait chercher fortune ailleurs ! — Trop triste vraiment.

— Vite, examinons des chances plus favorables.

— Il y a peut-être deux panthères ? C'est probable ;

plusieurs vaches mangées en peu de jours ! — Il doit même y avoir des petits ? Certainement il y en a. Voilà qui explique la grande consommation.

— Alors, une panthère au moins viendra achever le repas commencé la veille, ou il ne faudrait pas avoir la moindre chance. — Bon ! c'est très rassurant cela !

Troisième considération : — Mais si elle vient, ne flairera-t-elle pas l'embûche ? Ce buisson n'était pas là hier... et il est assez peu réussi. — Cette odeur de terre fraîchement remuée... voilà bien de quoi lui donner de légitimes soupçons. — Mais quelle apparence ?... — Il n'est pas probable que les panthères aient des notions exactes sur le temps que

La panthère.

mettent les arbustes à pousser. Et puis il est bien connu qu'elles n'ont pas une très grande finesse d'odorat ! — Très bien encore.

Quatrième considération : — Comment se présentera la panthère quand elle viendra mordre à la génisse, — de flanc ou de face ?

— Il vaudrait mieux de flanc, la surface est plus grande et le cœur plus à découvert. — Comment est chargé le fusil ? Bien, j'imagine ; bonne mesure de poudre, deux balles mariées dans chaque canon, capsules à bombes mises sur les cheminées pleines de poudre. Pas de ratés possibles ! — Très bien cela...

— Que fera la panthère une fois tirée?

— Il est rare que cet animal soit tué raide; elle foncera probablement sur le coup, à moins que la lueur de la détonation ne l'effraye et la jette de côté. — On verra bien!

Ici la folle du logis, qui a fait beaucoup de chemin sur ces thèmes qui ne sont indiqués que très sommairement, donne une attention toute particulière à des aboiements d'ensemble, qui indiquent que tous les chiens qui y prennent part ont une même manière d'apprécier ce qu'ils flairent.

— Est-ce la panthère?... Ce doit être elle!...

Oh! alors... le cœur s'en mêle, il bat plus fort. La respiration devient bruyante. Il faut ouvrir la bouche pour lui donner plus de jeu et ne faire aucun bruit révélateur.

Deux minutes, trois minutes se passent, les chiens se calment. — Ce n'est pas encore *elle!*

La folle reprend ses alternatives d'espoir et de doute, avec variantes et considérations nouvelles.

Il doit être onze heures. Il gèle... J'ai très froid aux pieds et aux mains. Je me décide à me couvrir de mes burnous, la chaleur provoque un peu de somnolence. Dans la crainte de céder au sommeil, j'éveille mon compagnon qui dort depuis près de deux heures. Je lui recommande de veiller à son tour et de me prévenir s'il entend quelque chose...

La précaution était bonne. Je m'endors, pendant que la folle rêvasse et fait défiler devant elle une légion de bêtes de toutes dimensions et de tous poils... Elle se complaît en cette compagnie.

Dieu, qu'en voilà de grandes! Comme elles paraissent féroces! Elles passent à regret en jetant de ce côté un regard qui entre dans les chairs comme des griffes.

— En voici une horrible : elle a plusieurs têtes. C'est sans doute la bête de l'Apocalypse. Elle marche lentement. Mais comme elle grandit à mesure qu'elle approche! A qui en veut-elle avec ses gueules ouvertes?...

Oh! il était temps! Je me réveille par la sensation d'un coup de coude dans les côtes. Je reprends possession de moi en rappelant la folle du logis à la réalité et à l'appréciation exacte de la situation.

« — Qu'est-ce? dis-je à voix basse.

» — La panthère est venue, me répond de même Si-Ahmed-Merzouga; elle s'est montrée au-dessus de l'appât, et s'est enfuie aussitôt. »

Je suis confus et peiné... Quelle occasion je viens de manquer!... Peut-être ne reviendra-t-elle pas? Aussi est-ce assez absurde de s'endormir quand on vient pour guetter toute une nuit!...

Tout en faisant ces réflexions, je reprenais ma pose de la première heure.

Les chiens s'étant mis de nouveau à donner très fort, je me remis à espérer.

La panthère rôdait évidemment autour du douar, à en juger par les différentes directions que prenaient les aboiements.

Au bout d'un quart d'heure qui me parut bien long, je vis poindre, derrière le petit tertre où était l'appât, la tête d'abord, puis la moitié du corps de la panthère.

Je voulus aussitôt l'ajuster, mais mon fusil, amené un peu trop brusquement à l'épaule, résonna contre une branche. Ce bruit, quoique faible, fut entendu de la panthère, qui disparut de nouveau.

Malédiction! je n'en viendrai pas à bout. Quelle déveine!... Cette fois elle sait d'où vient le bruit, elle ne reviendra pas, c'est certain.

Mais si l'espoir était jamais banni de chez les humains, il ferait sa dernière station dans le cœur d'un chasseur à l'affût.

Me voici de nouveau espérant... Pour le coup, je prends position de « en joue » et je ne veux plus la quitter, malgré le froid qui me glace les mains et la figure.

J'attends encore vingt minutes ainsi, l'œil fixe, l'ouïe tendue et l'esprit anxieux.

Enfin, voici la panthère!... Elle reparaît comme la première fois, me faisant face. Elle se rapproche davantage des restes de la génisse. Je la découvre tout entière. Elle se met sur son séant... Sa tête est dans la projection de mon point de mire, mais, pour être assuré de la bien toucher, j'abaisse insensiblement le canon de mon fusil, et quand le guidon est sur la poitrine je presse la détente!...

Boûm - ôouphrrr!!!...

Que ne puis-je rendre par cette onomatopée le bruit de l'explosion, avec laquelle se confondit un rugissement d'effroi, de colère et de douleur, poussé par la panthère, qui en même temps bondit sur notre buisson, dont elle couche sur nous les branches. Je tends le dos; mon compagnon, qui invoque Dieu et le prophète, en fait sans doute autant. Puis j'entends la panthère rouler derrière nous, en râlant, sur la pente très raide du terrain. Puis... d'elle plus rien, mais un vacarme infernal venant des femmes, des enfants et des chiens du douar, qui crient, pleurent et hurlent d'effroi...

Si je dis qu'il y eut un peu d'émoi dans notre fait.

lorsque la panthère passa sur nous en nous couvrant des débris du buisson, je ne cours, je crois, aucun risque d'être démenti, pas plus qu'en ajoutant que notre satisfaction fut grande d'en être quittes à si bon marché.

J'étais sûr d'avoir bien touché ma panthère; si elle n'était morte elle ne devait pas en valoir mieux, et j'espérais la retrouver assez près du douar le lendemain matin.

Tout en me débarrassant des branches que la panthère avait foulées sur nous, je me demandais si en s'élançant vers l'endroit d'où venait le coup qui l'avait frappée elle l'avait fait avec intention, ou si la pente naturelle du terrain, blessée comme elle devait l'être, ne l'avait pas simplement entraînée dans sa chute.

Je penchais pour cette hypothèse; mais Si-Ahmed-Merzouga, clerc s'il en fut, possédant ses auteurs sur le bout du doigt, prétendit qu'elle l'avait fait avec intention, que cela s'était toujours vu ainsi, que El-Doumiri (¹) lui-même avait écrit de la panthère qu'elle était très vindicative et faisait un mauvais parti à ses agresseurs. Bref, le cher homme n'était pas fâché de se figurer qu'il avait couru quelque danger en ma compagnie, et comme, en résumé, il l'avait fait de gaieté de cœur, je ne voulus pas avoir l'air de douter de son assertion, et lui enlever le relief que cela lui donnait dans sa propre appréciation.

Nous agitâmes ensuite la question sur la meilleure manière d'achever notre nuit. Il nous parut qu'il n'y en avait pas d'autre que de rester dans l'espèce de fosse où nous étions, en nous couvrant le mieux possible de nos burnous.

(¹) Savant auteur arabe qui a écrit sur l'histoire naturelle.

Il gelait de plus en plus fort. Il devait être environ une heure après minuit ; nous avions encore quatre ou cinq heures de belle étoile, que nous dûmes passer ainsi, partie en sommeillant, partie en grelottant.

A la pointe du jour, les gens du douar, très impatients de connaître le résultat de mon coup de fusil, sortirent avec leurs chiens et se dirigèrent vers un bas-fond qui se trouvait à 80 mètres derrière et au bas de notre affût ; c'était là qu'il leur semblait que les râlements de la panthère avaient fini.

Les chiens, excités et lancés en avant, arrivèrent bientôt près de la bête, qui était raide morte... Ils aboyèrent de toutes leurs forces à distance respectueuse. Ce bruit nous dégourdit, mon khodja et moi, et nous mit sur pied.

Nous fûmes hélés par Kaddour et ses frères, qui nous crièrent : « Le tigre est mort [1] ! Dieu a fait justice de lui ! Venez le regarder, il est grand et beau à voir ! »

Nous n'avions pas besoin d'être priés davantage, nous accourions de toute la vitesse de nos jambes raidies par le froid.

C'était un grand mâle, beau à voir effectivement. Mes deux balles, qu'il avait reçues en pleine poitrine, lui avaient lésé le cœur et entamé la colonne vertébrale. Il lui avait fallu sa puissante vitalité pour qu'il ne restât pas sur le coup.

Cinq hommes le prirent par les pattes et la queue, et le montèrent au douar, où femmes, enfants et vieil-

[1] *Nemeur*, tigre. C'est ainsi que les Arabes nomment la panthère. *Nemeur seulthéni*, le tigre royal.

4

lards, vinrent l'entourer et le maudire jusque dans sa
postérité la plus reculée.

Après nous être réchauffés a un feu bien flambant
nous repartîmes pour Téniet-el-Hâd. Deux heures
après, la panthère y arrivait aussi, portée sur un
mulet.

Nous fûmes complimentés, cela va sans dire; surtout
Si-Ahmed-Merzouga, qui s'était constitué l'*historio-
graphe* de l'aventure. Il en eut pour une semaine à l'é-
crire et à la narrer à qui voulait l'entendre.

Mon excellent khodja ne manquait jamais d'appuyer
sur le bond de la panthère et de faire remarquer que
c'était par grâce divine toute spéciale que nous avions
dû de n'être pas mis en pièces. Aussi chacun lui disait,
comme je le dis moi-même en terminant ce récit :
« Dieu soit loué! »

LA

CHASSE A L'AUTRUCHE

DANS LE SAHRA ALGÉRIEN

La chasse à l'autruche dans le Sahra!... Ce titre seul est tout un poème pour qui sait ce qu'il promet d'enivrantes émotions!

Le grand saint Hubert, qui ne les prodigue pas à notre époque, n'a réservé celle-ci qu'à ses plus chers élus; aussi lui suis-je à jamais reconnaissant de l'élection particulière qu'il a faite de quelques-uns de mes amis et de moi pour leur révéler cette chasse, — si entraînante et si rare — que bien peu d'Européens peuvent se vanter de l'avoir faite.

En présence de la narration que je vais entreprendre, j'éprouve sérieusement le regret de n'avoir ni le style ni la couleur qu'il faudrait pour bien rendre ce que j'ai vu et éprouvé à cette chasse.

Cet humble aveu étant fait en manière de conjuration et par acquit de conscience, j'aborde mon sujet.

La chasse à l'autruche, dans le sud de l'Algérie, se

fait principalement sur le grand plateau situé entre
Laghouat au nord, les Beni-Mzab au sud, le pays des
Oulad-sidi-Chikh à l'ouest et Dzioua à l'est.

Ce plateau, d'une superficie de deux mille lieues
carrées, est, pendant l'hiver, une partie du printemps
et de l'automne, le pays de parcours des grandes tribus sahariennes, les Larba, Oulad-Nayls et Zouas, qui
y font pacager leurs nombreux troupeaux de brebis et
de chameaux.

Pour les nomades et les vrais chasseurs, ce désert
possède un charme infini, de puissantes attractions,
qui semblent émaner des premiers âges, avec le res-
souvenir de la vie pastorale et contemplative.

L'existence biblique des patriarches se retrouve là
tout entière; en effet, abordez ce douar des Oulad-
Nayls, et vous y retrouverez Laban, Jacob, Rébecca,
Joseph et ses frères avec leurs tentes et leurs troupeaux. — Causez avec eux, ils vous diront leurs pérégrinations pour aller au loin chercher le blé ou les
gras pâturages.

Avez-vous soif? Voici une fille d'Ismaël aux grands
yeux noirs, qui va vous désaltérer avec le lait des chamelles ou l'eau de goudron, à votre choix.

Avez-vous faim? Dites : « Je suis l'hôte de Dieu! »
Le chef de la tente s'avancera vers vous en disant :
« Sois le bienvenu! » et un mouton sera immolé en
votre honneur.

Mais ce n'est pas pour peindre ces scènes des temps
primitifs, encore vraies aujourd'hui, que j'ai entrepris
ce récit. — Le désert dont je parle n'est plus habité à
l'heure où nous allons y chasser l'autruche. J'en reprends la description.

Le pays au sud de Laghouat est largement ondulé, l'horizon y est très vaste et n'a pour limite, pour ainsi dire, que la faiblesse de la vue humaine.

De nombreuses daïas (¹) croissent dans les dépressions du terrain; elles sont boisées de beaux térébinthes, comparables aux grands chênes de nos forêts du Nord, et de buissons de jujubiers sauvages.

Dans ces vertes daïas, qui émaillent ce vaste plateau du sud, comme les noires mouchetures tachent une peau de panthère, se trouvent en quantité des gazelles, des outardes, des lièvres, des perdrix, des gangas, et bien d'autres espèces encore, aussi chères aux naturalistes qu'aux chasseurs.

Le reste du sol est couvert d'arbustes et de plantes, tels que :

Les Salsolas ligneuses,

L'Hélianthème,

L'Armoise,

Le Ranthérium,

L'Aristide graminée, etc.

Ces plantes composent en partie les pâturages des troupeaux et du gibier du sud; elles leur donnent cette chair succulente et parfumée si estimée des gourmets.

Il n'y a ni sources ni cours d'eau dans ce territoire; les orages, les rares pluies d'hiver, alimentent seuls

---

(¹) *Daïas*, bas-fonds, dépressions en forme de cuvette; l'eau pluviale y développe une puissante végétation d'arbres et d'arbustes dont le *betoum*, térébinthe, est le plus remarquable.

Il y a des daïas de toutes grandeurs, depuis quelques ares jusqu'à une centaine d'hectares de surface, et un boisement de betoums dans la même proportion. Ces daïas sont assez nombreuses dans certaines régions pour qu'on en puisse compter de 60 à 80 dans un tour d'horizon.

L'eau pluviale s'y conserve plus ou moins de temps, selon la perméabilité du sol et l'évaporation plus ou moins active de la saison.

des réservoirs naturels qui se forment dans les daïas et le thalweg des vallées.

Ces réservoirs, appelés r'dirs (¹) par les indigènes, en raison de leur peu de durée et des déceptions nombreuses qu'ils ont causées aux gens altérés, ne conservent leur eau que pendant quelques semaines dans la saison froide.

Ils la conservent bien moins longtemps encore en été; d'où la nécessité, pour les nomades, à l'époque de la sécheresse, d'abandonner malgré eux ces bien-aimées terres de parcours, et de remonter vers le nord dans la région des eaux vives.

C'est alors que le plateau devient désert, comme je l'ai déjà dit, depuis le mois de mai jusqu'au mois d'octobre; il n'est plus traversé à cette époque que par de rares caravanes qui se rendent à Tuggurt et au Mzab.

C'est aussi dans cette saison que les autruches, chassées des régions plus méridionales par l'ardeur du soleil, envahissent cette partie du Sahra pour y chercher l'ombre et la pâture.

La chasse à courre à l'autruche se fait donc dans les plus chaudes journées de l'année. Elle dure quarante ou cinquante jours, du 25 juin au 15 août. Les Arabes disent que c'est la chaleur plus encore que la vitesse des chevaux qui amène la capture de l'autruche.

Cet entraînant et rude exercice est le monopole de quelques tribus qui, avant que notre domination se fût établie dans le sud, y joignaient l'industrie moins licite du pillage des caravanes.

Ces tribus sont :

(¹) De r'deur, trahir.

Les Mekhalifs-el-Djereub ([1]),

Les Chaambas,

Les Atatchas,

Les Oulad-sidi-Chikh,

Les Oulad-Sayah.

Jusqu'à ces derniers temps, la vie de tous ces *Arabes de proie* s'est passée à chasser et à piller un peu le prochain.

Il faut reconnaître, du reste, qu'ils sont merveilleusement organisés pour cette existence, toute de mouvement, de dangers et de privations. Secs, nerveux, l'œil perçant, le jarret infatigable ; possédant la faculté de supporter la faim et la soif jusqu'à leur extrême limite, ainsi les a faits le désert !

Les Mekhalifs-el-Djereub, avec lesquels je devais chasser, étaient les plus renommés parmi ces forbans du Sahra pour leurs anciennes prouesses.

Aujourd'hui ils sont encore chasseurs, mais ils ne pillent plus.

Les Arabes s'étonnent de l'effet moralisateur que notre domination a produit sur eux. Je n'oserais toutefois affirmer que quelques regrets ne viennent, de temps à autre, troubler la paix profonde et l'honnêteté relative à laquelle ils se voient forcés.

Ils disent souvent : « Nous remercions Dieu de la paix présente, — nous ne mangeons plus que ce qui est légitimement à nous... Les Français nous ont appris à distinguer notre bien de celui du prochain. — Que le prophète nous maintienne dans la bonne voie et nous aide à racheter les péchés du passé ! — Nous

---

([1]) *El-Djereub*, galeux. Cette épithète leur vient sans doute de l'état assez précaire dans lequel ils vivaient. Elle ne peut être prise qu'au figuré, car les Mekhalifs sont robustes et vigoureux.

avons tous quelques âmes sur la conscience... Dieu seul
est parfait!... »

Quelques âmes sur la conscience!... Hélas! oui; un
de leurs chefs, Toumi, dans ses moments d'expansion,
en avouait une vingtaine : « J'ai tué bien des gens *combattant* les caravanes, me disait-il un jour, beaucoup
plus qu'il n'est permis à un bon croyant!... Après tout,
chacun glane son existence comme il peut!... Nous
n'avons fait que ce que nous ont montré nos pères! —
mais vingt hommes tués!... cela me préoccupe pour le
jour du jugement, — et souvent j'y songe!!! »

J'ai hâte de dire qu'en dehors des méfaits antérieurs
dont leur conscience peut être chargée, méfaits que
l'on retrouve plus ou moins à l'état latent, chez les
Arabes qui échappent à une autorité vigoureuse, les
Mekhalifs sont hospitaliers, serviables et francs comme
de vrais chasseurs.

Leur étude, pour quiconque connaît leur langue et
leurs usages, est pleine d'intérêt. Il va sans dire que
l'on peut actuellement parcourir en toute sûreté avec
eux le pays qui a servi de théâtre à leurs exploits.

J'aurai même à raconter plus loin l'extrême sollici-
tude qu'ils ont montrée envers mes compagnons de
chasse et moi.

Ce qui précède donne une légère teinte du pays et
des gens qui aident à le parcourir; disons à présent un
mot de l'outillage nécessaire pour passer un mois à la
chasse de l'autruche.

Le chameau est l'auxiliaire indispensable; sans cet
excellent animal, qui possède la faculté de rester en été
sept ou huit jours sans boire, on ne pourrait vivre dans
ce pays, si judicieusement nommé *le pays de la soif.*

Gardhéïa, capitale des Beni-Mzab.

Il faut donc, selon le temps que l'on prévoit devoir
passer sans trouver d'eau, se procurer trois ou quatre
chameaux par chasseur. Il faut les charger au départ
de tonnelets pleins d'eau, d'orge et de quelques vivres.
On se munit, en outre, de fers et de clous pour entretenir la ferrure des chevaux, de sel pour saler les dépouilles des autruches
forcées.

Inutile d'emporter
des tentes : le feuillage
des betoums est un
abri bien préférable à
tout autre dans cette
saison.

Chaque chasseur
prend avec son fusil
une quantité suffi-
sante de poudre, bal-
les, plomb, pour as-
surer la nourriture
quotidienne.

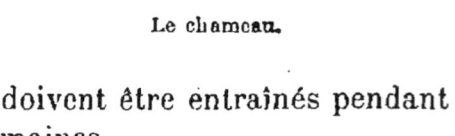

Le chameau.

Les chevaux desti-
nés à courir l'autruche doivent être entraînés pendant
quinze jours ou trois semaines.

La méthode des Mekhalifs consiste à priver le cheval
de fourrages, a lui diminuer la ration d'orge, et à lui
faire faire progressivement, en plein midi, des courses
de deux à quatre lieues (¹).

Il n'est pas indifférent d'être bien renseigné sur la

(¹) Ce mode d'entraînement est rationnel pour courir dans le désert à
l'heure la plus chaude des plus chaudes journées de l'année.
Des congestions imminentes seraient le résultat d'un entraînement avec
augmentation de nourriture et surabondance de sang.

région qui recèle le plus d'autruches, quand on veut commencer la chasse.

Aussi, quelques jours avant le départ, est-il opportun de faire explorer le pays par des éclaireurs expérimentés, montés sur des mahris (¹).

Ces éclaireurs recherchent en même temps les r'dirs qui auraient conservé de l'eau.

Cette dernière découverte est très importante, parce qu'elle permet de renouveler la provision sans obliger à parcourir de trop grandes distances, et parce que l'on est sûr de trouver dans le voisinage du r'dir des autruches qui ont pris l'habitude de venir s'y désaltérer.

Je savais, en allant prendre le commandement du cercle de Laghouat, que j'aurais l'occasion de faire des chasses tout à fait nouvelles, entre autres celle à l'autruche; et Dieu sait combien mon imagination, longtemps à l'avance, avait brodé et caressé cette perspective!

J'eus bientôt fait la connaissance de deux caïds des Mekhalifs, Bel-Abbès et Touni, personnages que je considérais beaucoup, tant à cause de leur cachet particulier d'originalité que de leur qualité de grands chasseurs d'autruches, et, il faut bien le dire, de mes projets futurs.

Après avoir souvent causé avec eux et recueilli de leurs récits tout ce qui pouvait m'intéresser, je leur avais fait connaître mon désir de me joindre à eux pour les prochaines chasses à l'autruche.

Ils avaient gracieusement accueilli ma requête, à la suite de laquelle il avait été convenu que je serais dé-

---

(¹) *Mahris*, chameaux de course qui possèdent une grande puissance de locomotion. Ils sont aux chameaux ordinaires ce qu'est le cheval de pur sang au cheval de trait.

sormais des leurs, initié à tous leurs préparatifs et informé du jour où commencerait la chasse.

J'étais donc bien préparé physiquement et moralement, lorsque arriva enfin ce jour bienheureux !

Dès la veille, j'avais été rallié par M. le lieutenant Philebert, commandant le poste de Djelfa, qui m'avait demandé à se joindre à moi ; passionné chasseur, il était

Le repos du chameau.

aussi très impatient de se voir aux prises avec les autruches.

Ce fut le 1er juillet 1855 que, bien montés et outillés, notre caravane abondamment pourvue d'eau, nous prîmes la direction du sud-est.

J'avais donné rendez-vous aux Mekhalifs à mi-chemin de notre première étape. Nous les trouvâmes avec leur caravane aux daïas de Bel-Aroug.

Ils étaient trente chasseurs, y compris leurs deux chefs.

Nous avions de plus à notre suite quelques cavaliers des Larba et des Oulad-Nayls, qui voulaient courir avec nous.

Le premier abord entre chasseurs est nécessairement consacré à l'intéressante question du gibier que l'on va poursuivre; on y mélange des vœux pour les succès futurs, des souvenirs des chasses précédentes, etc. Après donc que les Mekhalifs nous eurent salués et souhaité la bienvenue, j'échangeai quelques mots avec les éclaireurs :

— Eh bien, mes enfants, y a-t-il de la *chasse,* cette année? (1)

— Oui, il y en a le bien du bon Dieu.

— Prendrons-nous beaucoup d'autruches?

— Invoquez Dieu et les jambes de vos chevaux.

— Où les avez-vous trouvées?

— Après avoir bien exploré, c'est à Safel (2) que nous en avons vu beaucoup; elles y sont en troupeaux; le dernier orage les y a fait venir.

A cette alléchante nouvelle, les yeux de tous brillèrent, un tressaillement de joie anima nos cœurs.

— Il y en a beaucoup de grandes, ajouta notre éclaireur en voyant le bon effet qu'il produisait; — je l'ai reconnu aux traces; — les mâles aussi sont en nombre, et, si Dieu veut, la chasse sera fortunée. Nous aurons grand plaisir et profit.

(1) Inutile de dire que je cherche, en traduisant nos conversations avec les Mekhalifs, à conserver l'expression et la tournure des phrases employées.

(2) Grande dépression du plateau entre Laghouat et le Mzab. Ce bas-fond, à la moindre pluie, se couvre de végétation herbacée, et, à cause de cela, il est très affectionné des autruches.

Personne ne songea à mettre en doute ce lumineux augure.

Alors, joyeux et passionnés comme des chasseurs qui vont courir l'autruche, car cela ne se compare à rien, nous reprimes notre marche, nous examinant les uns les autres, cherchant à reconnaitre les mieux montés,

Chevaux arabes.

par conséquent ceux qui avaient les meilleures chances de réussite.

Cet examen serait difficile pour quiconque ne connait pas les montures des Mekhalifs.

Leurs chevaux et juments ressemblaient à des coursiers squelettes ranimés après dissection, tant ils étaient maigres par suite de l'entrainement.

Mes chevaux et ceux de M. Philebert, quoique ayant été soumis au régime préalable du jeûne et des courses, étaient, parait-il, trop en chair: aussi cette remarque nous était souvent adressée pendant la route :

— Vos chevaux sont trop gras !

— Ils ne pourront courir assez !

— Ils crèveront de fourbure !

Comme cette perspective n'avait rien de rassurant, je proposai à mon compagnon de courir chemin faisant, pour mieux préparer nos chevaux, quelques troupeaux de gazelles que nous apercevions devant nous.

Cette proposition fut acceptée avec enthousiasme.

Le soir, en arrivant à notre bivouac des daïas de Ras-el-Châab, nous rapportions chacun deux gazelles que nous avions tuées ; elles servirent amplement à notre dîner et à celui de notre suite.

Cette chasse à la gazelle, comme on la fait dans le sud, est très attrayante. Voici comment on s'y prend :

Lorsqu'un troupeau est en vue, le chasseur tâche de le gagner au vent ; il s'en rapproche ensuite à une petite allure ; puis, quand il est à six ou sept cents mètres, il lance sur lui son cheval à fond de train et l'approche en une minute ou deux à la distance de soixante à quatre-vingts pas... C'est alors que, sans ralentir l'allure, le chasseur tire dans le principal groupe ses deux coups de fusil chargés à balle ou à chevrotines.

Dans cette chasse, on a le double plaisir du courre et du tir ; quand un bon chasseur en possède l'habitude, il est rare qu'il ne tue pas une ou deux gazelles dans le troupeau couru.

Il y a certainement difficulté, pour nous Européens, à tirer à cheval au galop ; cela tient à ce que nous y sommes bien moins exercés que les Arabes, et à nos selles, qui ne nous isolent pas, comme les leurs, des réactions aux allures vives. Mais aussi quelle satisfaction quand on réussit !

Maraudeurs du désert.

Comme tous les chasseurs, gens à présages s'il en fut, les Mekhalifs augurèrent de nos succès à venir par la réussite du début : « La chair appelle la chair, disaient-ils en dépeçant nos gazelles ; l'autruche mourra cette année! »

Aux daïas de Ras-el-Chàab, nous n'étions qu'à moitié chemin du lieu où nous devions faire notre première station.

Nous nous mîmes en route le lendemain, dès l'aurore, pour gagner la daïa El-Beugra (¹), distante de Laghouat de dix-huit lieues.

Les éclaireurs avaient reconnu près d'elle un r'dir dont l'eau pouvait nous abreuver trois jours.

Rien de plus pittoresque que l'installation d'un bivouac dans une belle daïa.

Les chasseurs se dispersent par groupes sous les plus beaux betoums à l'ombrage touffu.

Les chameaux déchargés se mettent à paître au milieu du camp, on les voit allonger leur long cou pour tondre les plus basses branches des arbres.

Les chevaux sont attachés à la corde, leur ferrure est visitée et assujettie ; il y a à cela grande importance.

On allume des feux, on prépare le repas.

Ces dispositions sont souvent interrompues par des lièvres qui se lèvent et mettent, en se jetant au milieu des gens et des bêtes, le camp en émoi. — Chacun leur lance qui une pierre, un maillet, un bàton, un coup de pied. Le pauvre animal y reste quelquefois, et finalement va cuire dans la marmite qu'il avait quelquefois renversée l'instant d'avant.

(¹) *El-Beugra*, la vache. Chaque daïa a un nom et sert ainsi de point de repère.

Enfin on fait son lit, et, après tous les soins accomplis, les longues causeries du soir terminées, chacun se couche quand vient le sommeil.

L'opération est simple pour les Mekhalifs, le sol est leur duvet habituel.

Nous avions, nous, des hamacs que nous suspendions aux branches des betoums; le moment venu, nous nous y glissions avec la certitude d'y pouvoir dormir sans être dévorés des moustiques, comme à Laghouat.

Il y a deux manières de forcer l'autruche, selon que l'on court le bedou ou le gâd (¹).

Dans le bedou, le chasseur doit prendre l'autruche avec le même cheval, sans relai ni rabatteur; c'est la chasse la plus difficile, celle qui demande le plus de science du courre et les meilleurs chevaux. Elle ne se fait qu'isolément.

Quand les chasseurs sont en nombre, on chasse toujours au gâd. Cette manière, comme le nom l'indique, consiste à se poster à un endroit convenu, près d'un point culminant, d'un arbre élevé, d'où on puisse voir de loin les autruches, que des rabatteurs vont lancer.

Ce qui rend le gâd possible, c'est que les autruches suivent presque toujours la direction qui leur est donnée au moment du lancer. Les rabatteurs qui connaissent la position de l'embuscade se basent sur elle; mais l'opération de diriger ce rapide échassier n'en est pas moins fort difficile et fatigante.

Il faut d'abord explorer le pays, dans un rayon d'un

(¹) *Bedou*, de *beda*, a commencé. — *Gâd*, posté, embusqué.

demi-cercle d'horizon, à quatre ou cinq lieues du bivouac, pour découvrir les autruches; puis, après les avoir lancées dans la direction voulue, il faut les y maintenir par une foule de rubriques. — Il faut tenir enfin la poursuite raide pour les fatiguer le plus possible.

Aussi ne choisit-on que des chasseurs émérites pour rabattre; et il est d'usage chez les Mekhalifs, dans leurs règles sur la chasse à l'autruche, de leur accorder la moitié des dépouilles conquises.

Nous nous trouvions dans les conditions voulues pour chasser au gâd.

Il fut convenu que nous formerions deux pelotons, des quarante *coureurs* que nous étions; que chaque peloton courrait un jour sur quatre, afin que les chevaux eussent le temps de se reposer.

M. Philebert et moi avions chacun deux chevaux, cela nous permettait de courir tous les deux jours; mais dans notre impatience de jouir de cette chasse, nous trouvions que c'était trop peu encore.

Les Arabes, toujours fidèles aux traditions du passé, ne manquent jamais, quand ils sont en campagne pour la guerre ou la chasse, de se réunir après la prière de l'àsr ([1]) et de tenir conseil.

Les événements du jour y sont racontés et appréciés, les fortes têtes y décident des opérations du lendemain, après avoir recueilli les avis, renseignements et indices de tous ceux qui ont à en fournir.

Ces réunions du soir, où chacun peut communiquer ses pensées, ses espérances, se consoler même de ses mésaventures, même en les faisant partager à l'audi-

([1]) Quatre heures de l'après-midi.

toire, sont les plus intéressantes. — Les plus jeunes,
en écoutant le récit des anciens, dont l'expérience et
la sagesse sont reconnues, peuvent mettre à profit les
leçons de ceux qui ont vu plus qu'eux et fait davantage.

Notre conseil du premier soir fut très animé ; on
connaissait des autruches sur plusieurs points ; chacun
voulut émettre son avis, sa préférence, en déduire le
pourquoi et le comment.

Enfin la question importante, celle du lieu d'exploration, ayant été déterminée, il fallut désigner les rabatteurs.

Le choix unanime tomba sur de vrais Mohicans pour
la sagacité, Guettaf et Naïmi, dont les prouesses nous
étaient connues.

Malgré le profit qui attend les rabatteurs lorsque la
chasse est bonne, ceux-ci se font beaucoup prier ; car
en dehors des difficultés déjà citées, leurs chevaux,
trop surmenés, se trouvent souvent indisponibles pour
les chasses suivantes.

Les autruches font aussi quelquefois défaut ; ou bien,
effrayées par une caravane, ou toute autre cause, elles
échappent aux rabatteurs. Quand ce contre-temps arrive, c'est une grande mésaventure pour ces infortunés
qui rentrent au camp tout marris. Les plaisanteries et
les reproches ne leur sont pas ménagés ; leur susceptible amour-propre subit un tel assaut, qu'ils jurent
par Sidi-Abdallah qu'ils ne feront jamais plus cet in-
grat métier.

Il nous fallut donc prodiguer les meilleures amitiés,
les flatteries les plus nuancées à Guettaf et Naïmi, pour
les décider.

« Vous êtes des guerdjoumas (¹), leur dit le caïd Bel-Abbès, vous avez du bonheur, nous faisons choix de vous pour que notre début soit heureux... » Et chacun de renchérir :

« — Vous avez d'excellents chevaux! »

« — Personne n'a l'œil de Naïmi, qui voit à une journée de marche ! »

« — Guettaf est notre maître à tous pour lancer et savoir maintenir l'autruche dans la bonne voie. — Il court comme une gazelle ! » Et on nous raconta comment Guettaf, un jour, courant une autruche qu'il ne pouvait espérer atteindre avec son cheval trop fatigué, mit pied à terre et acheva de la forcer avec ses propres jambes.

A un pareil concours d'éloges nos futurs rabatteurs ne tinrent point : ils nous promirent de faire pour le mieux.

Changeant alors leur attitude modeste et incertaine en celle de gens résolus et sûrs d'eux-mêmes, ils nous dirent :

« Il faudra, par Dieu, qu'il ne soit pas poussé d'autruches dans le pays pour que demain nous ne vous les amenions dans les jambes. Tenez bien vos âmes!... abaissez vos yeux sur la terre, du côté du sud-ouest. C'est par là que nous viendrons. »

Sur cette assurance on se sépara, chacun fut se préparer par le repos ou la rêverie au courre du lendemain.

Habituellement on dort bien dans les daïas, beaucoup mieux que dans les maisons des oasis, qui gardent, la nuit, la chaleur qu'elles ont recueillie le jour.

(¹) *Guerdjouma*, gorge; par extension, gorgés, *chançards*.

Les nuits des daïas sont fraîches et parfumées par les plantes odoriférantes. Elles peuvent être comparées aux nuits du nouveau monde, si poétiquement décrites par Chateaubriand; car elles en ont le charme, le merveilleux, les beaux clairs de lune et le silence.

Ce n'est pas le seul rapprochement que l'on puisse faire de cette région de l'Algérie avec les savanes de l'Amérique.

Bien des fois, dans le cours de mes chasses dans le Sahra, je me suis figuré être un personnage de Cooper et vivre en compagnie des Peaux-Rouges. Le pays, les gens qui m'entouraient, les scènes auxquelles j'assistais et prenais part, étaient celles de la Prairie, moins le vieux trappeur, moins aussi la possibilité d'être scalpé.

Quel est le chasseur qui n'aimerait se trouver un jour dans un immense territoire de chasse, affranchi de toute entrave, libre de se mouvoir en tous sens, avec droit de vie et de mort sur cette si grande et si belle variété de gibier, sans que personne songe à le lui contester; libre enfin de pouvoir oublier le souci des affaires pour savourer alternativement la chasse émouvante et la douce flânerie!... Voilà un beau rêve!... eh bien, ce rêve devient une réalité dans le Sahra...

En Europe, on ne saurait éprouver ces sensations intenses. La chasse y est soumise à des lois restrictives, à des contraintes sans nombre, à des formalités fastidieuses... Elle est bornée à des territoires très limités; peu d'imprévu, peu de péripéties, — et enfin, rien de cette poésie, de ce vague grandiose que les grandes solitudes seules révèlent au cœur de l'homme.

Loin de moi l'idée d.. déprécier les chasses de France, auxquelles tant de confrères prennent plaisir; elles sont ce qu'une société très agglomérée a pu les faire.

Je voudrais seulement, par le récit des chasses spéciales de l'Algérie, ouvrir de nouveaux horizons à tous les disciples de saint Hubert, auxquels ne suffit plus la récolte prévue de quelques lièvres et perdreaux par saison.

Mais voici une longue digression qu'il est temps de finir pour reprendre notre chasse.

Malgré les conditions favorables où je me trouvais pour me livrer au repos, j'eus, comme à la veille d'une ouverture de chasse, un sommeil agité. Je songeai que tous mes compagnons, montés sur des chevaux rapides comme le vent, prenaient des autruches à volonté, tandis que moi je n'en pouvais joindre aucune. Mon cheval pouvait à peine galoper ou s'abattait des quatre pieds, quand, à force de le talonner, il prenait un train plus accéléré. C'était là un affreux cauchemar, que le réveil vint heureusement dissiper.

Nous fûmes sur pied dès l'aube, quoiqu'il dût s'écouler encore bien des heures avant d'aller prendre position au lieu désigné.

Nous étions dans une agitation fébrile que rien ne pouvait calmer, nous allions souvent caresser nos chevaux, nous ajustions leurs harnais, qu'à l'exemple des Mekhalifs nous rendions très légers, ainsi que notre propre accoutrement.

Cette distraction épuisée, nous coupâmes des baguettes de jujubier sauvage pour stimuler nos chevaux au besoin, et pour en assener un coup sur la nuque des autruches que nous espérions joindre.

Nous donnâmes ensuite un soin minutieux à la peau de bouc pleine d'eau, qui devait être notre compagne inséparable pendant la durée du courre. — Cette précaution est obligatoire, sous peine de souffrir toutes les tortures d'une soif ardente, que la rapidité de la course et le soleil déterminent.

Le déjeuner nous fit encore gagner quelques instants, mais on mange peu au mois de juillet, et il est plus sage de ne pas se charger l'estomac au moment de courir l'autruche.

Nous étions à bout de patience, quand Bel-Abbès et Toumi vinrent nous dire que l'heure approchait, qu'il fallait abreuver nos chevaux. Chacun de nous s'empressa de faire boire cinq ou six litres d'eau à sa monture, contrairement encore aux idées admises en Europe. Ici l'expérience a démontré l'efficacité du procédé; les chevaux, du reste, sont à jeûn depuis la veille; on les fait boire pour la soif à venir, sans redouter de troubler leur digestion.

A onze heures et demie nous étions à cheval.

Les Mekhalifs, qui composaient le premier peloton de coureurs, vinrent nous prendre en cérémonie.

Ils formaient un groupe que Callot eût été heureux de rencontrer.

Vêtus de pittoresques haillons, n'ayant, afin d'être plus légers, que l'arçon nu et un feutre pour selle, une ficelle pour têtière de bride, ils avaient au suprême degré l'apparence de vrais gueux.

Ils me prièrent de commencer la marche. C'est un honneur qu'ils rendent au chef ou à celui qu'ils croient le plus heureux.

Un homme heureux, selon leur croyance, mène à bien l'entreprise de ceux qu'il précède. Un homme qui a *du guignon* le communique à qui le suit. Je fis mentalement des vœux pour être l'homme heureux, et nous nous mîmes en marche en prononçant tous les mots sacramentels en usage, *Besm-Allah,* — au nom. de Dieu!

Nous avions préalablement fait rentrer tous nos chameaux et rôdeurs dans notre bivouac, afin de ne pas effaroucher les autruches dont la vue est extrêmement perçante.

Nous allâmes prendre position à deux kilomètres de notre campement.

Nous mîmes pied à terre sous de grands betoums du haut desquels on dominait le pays.

C'était là notre gâd, indiqué aux rabatteurs. Deux Mekhalifs montèrent sur les plus hautes branches de l'arbre le plus élevé, afin de voir venir de loin.

Les rabatteurs ne lancent jamais les autruches avant

Autruche.

l'heure où ils savent les coureurs à leur poste.

Ils reconnaissent cette heure quand le soleil est perpendiculairement sur leurs têtes et que l'ombre tombe d'aplomb. Ils mesurent ce moment avec leur baguette de sedra qu'ils tiennent verticale. — Quand elle ne projette plus d'ombre, l'heure est arrivée, c'est celle de midi.

Nous devions attendre au moins une demi-heure encore avant l'arrivée possible des autruches. Notre surexcitation était au comble, les Mekhalifs eux-mêmes,

malgré leur gravité habituelle, avaient comme nous la
fièvre de l'attente.

Chacun parlait, gesticulait, invoquait son marabout
de prédilection, récapitulait les chances favorables.

Le chhili ([1]), par bonne fortune, embrasait l'atmo-
sphère ; de fréquentes recommandations étaient adressées aux vedettes.

— Ouvrez les yeux, fils de juifs ([2]) ! leur criait de
temps à autre le caïd Bel-Abbès. — Ne vous laissez pas
tromper par les autruches ! Découvrez-vous bien le pays ?

— Oui, n'aie aucune crainte, il est dans notre œil
comme dans un miroir ; mais cela fatigue de regarder
fixement, et nos pieds cuisent sur les branches,

— Posez vos yeux à terre chacun votre tour, cela
vous reposera, — patientez. Ne nous jaunissez pas la
figure, — il s'agit de votre réputation de chouâfs ([3]).

Un Mekhalif, vieux chasseur, dans le but de tromper
l'attente générale, proposa de consulter les gorads
pour savoir si l'autruche mourrait.

Cette bizarre expérience consiste à prendre des gorads, sorte de poux-de-bois que l'on trouve sur les

---

([1]) Vent très chaud du sud-ouest. — *Siroco* en Algérie, *simoun* en
Égypte.

([2]) On sait le dédain et la haine traditionnelle des Arabes pour les juifs
cette expression *fils de juifs* est souvent employée par eux quand ils s'excitent à la guerre, à la chasse ou même dans les jeux.

Elle a pour but sans doute de réveiller l'énergie, car elle est jetée à la
face comme un soufflet. Celui qu'elle atteint doit alors montrer, par plus de
vigueur, qu'il ne la mérite pas.

Une autre version plus favorable à la gent israélite est celle-ci. Les fils
d'Israël sont tellement délurés et aptes à la réalisation d'un but lucratif,
qu'ils montrent pour y parvenir des qualités tout à fait exceptionnelles. C'est
alors à ces qualités qu'il serait fait allusion dans cette qualification de « fils
de juifs. »

([3]) De *chouf*, voir. — *Chouâf*, qui voit très loin.

chevaux mal soignés (ceux des Mekhalifs, à ce titre, en étaient abondamment pourvus).

On les expose au soleil, sur la terre, au milieu d'un cercle de la dimension de cinquante centimètres de diamètre.

Si les gorads sont cuits avant d'atteindre la circonférence du cercle, c'est signe, disent naïvement les Mekhalifs, qu'il fait chaud et que la température est propice à la mort des autruches.

Si, au contraire, le gorad atteint le bord du cercle sans avoir été rôti, il fait froid et les chevaux auront trop à faire pour forcer l'autruche.

On apporta une douzaine de ces petites bêtes à celui qui avait proposé l'épreuve.

Le bonhomme, avec la conviction et la gravité que lui paraissait comporter la circonstance, aplanit le sol avec le pan de son burnous, traça un cercle de la dimension voulue et mit les gorads au centre.

Nous suivîmes tous cette expérience avec une attention extrême. D'abord les gorads, stimulés par le soleil, se mirent en mouvement avec vivacité, et parcoururent rapidement la moitié du trajet du centre à la circonférence, mais ensuite ils ralentirent leur marche, se tordirent, se renversèrent sur le dos, puis restèrent immobiles. Ils étaient littéralement grillés ([1]).

— Il fait chaud! — il fait chaud! — l'autruche mourra! dirent comme un seul homme les Mekhalifs.

— Oui, l'autruche mourra! reprit le caïd Bel-Abbès; mais je vais, mes enfants, vous faire une recommandation.

([1]) Il y avait plus de 60 degrés centigrades au soleil.

— Le commandant et l'officier sont nos hôtes, il faut
qu'ils prennent des autruches. — Ceux d'entre vous
qui arriveront les premiers sur les dolmânes (¹) les ra-
battront sur eux afin qu'ils puissent les joindre et les
prendre...

Je l'interrompis et lui dis : — Les prendre, c'est
bien ainsi que nous comptons faire, l'officier et moi,
mais nous voulons forcer nous-mêmes, sans le secours
d'aucun de vous! — Je ne vous demande qu'une chose,
c'est de ne pas nous faire concurrence lorsque nous
aurons fait choix des autruches que nous courrons!
Cela fut convenu ainsi.

Nous terminions à peine cette convention, lorsque
les vedettes nous crièrent cette phrase, qui nous fit
bondir comme si nous eussions été touchés par une
pile électrique!

— O mes seigneurs, prenez vos chevaux! l'autruche
vient!!!

En un clin d'œil nous fûmes à cheval, accablant de
questions nos vedettes qui voulaient descendre de leur
arbre pour monter aussi leurs chevaux.

— Combien y en a-t-il?

— De quel côté viennent-elles?

— Sont-elles séparées ou en masse?

— Sont-elles près ou loin?

— Y a-t-il beaucoup de mâles?

— Viennent-elles droit sur nous?...

— Ne descendez pas, fils de Satan! renseignez-nous
bien, nous ne partirons pas sans vous.

Les vedettes, peu rassurées sur ce dernier point, et
pour cause, trépignaient sur leurs branches en répon-

(¹) Pluriel de *dolime*, mâle de l'autruche.

dant : — « Oui! — non! — elles sont près. — Il y en a trois — cinq — huit — douze — seize! — Elles arrivent ensemble!... Attendez-nous pour l'amour de Dieu! Si vous partez sans nous, jamais nous ne remonterons sur l'arbre!... »

Et les vedettes de dégringoler comme elles peuvent de leur perchoir, en laissant aux aspérités des lambeaux de leurs vêtements!

Grimpés sur nos selles ou debout sur nos étriers, nous apercevons bientôt nous-mêmes les autruches qui viennent droit à nous!

Impossible de peindre l'émotion qui nous saisit dans ce moment! nos figures s'illuminent, nos yeux lancent des éclairs, nos membres sont agités de mouvements nerveux dont se ressentent nos chevaux, qui se cabrent et bondissent!...

Chacun veut donner un conseil :

— Partons! — sus aux autruches! — C'est le moment!

— Non, pas encore! — Attendez! — Rabattons-les à gauche! — Non, à droite! — Attendez! attendez!!!!

Mais, recommandation vaine! le démon du mouvement l'emporte; et au premier pas en avant fait par un chasseur, toute la bande s'envole comme une nuée de sauterelles et court droit aux autruches.

Celles-ci nous aperçoivent aussitôt et font un à droite!... Nous les avions alors à cinq cents mètres de nous!

Ce magnifique oiseau, surtout quand il est en troupe, attire et fascine tellement, que toute autre idée que celle de courir après et de l'atteindre quand même ne saurait entrer dans la tête de celui qui le chasse!

Toute préoccupation de conservation personnelle et de celle du cheval disparaît.

La possibilité de s'égarer, chose assurément fort grave dans ces solitudes, ne touche point.

On n'a plus qu'un unique objectif !... ce grand échassier, aux plumes onduleuses et chatoyantes, qui fuit *à tire de jambes*... et que l'on veut atteindre à tout prix !

— « L'autruche tire le cœur et l'œil », dit-on dans le Sahra.

Sous l'empire de cette irrésistible attraction, nous courions avec frénésie ! — Des gens calmes qui nous auraient vus passer dans ce moment nous auraient certainement pris pour des possédés, faisant une de ces chasses fantastiques des légendes d'autrefois !...

Les autruches avaient encore augmenté leur allure à notre vue, de sorte que nous ne pûmes gagner sur elles. — Au bout de deux ou trois minutes, nous perdîmes même du terrain, à notre grand crève-cœur, et force nous fut de redonner l'haleine à nos chevaux en modérant leur vitesse.

Je profitai de ce moment pour jeter un coup d'œil sur mes compagnons.

J'étais dans le premier tiers des coureurs les plus avancés, celui des enthousiastes !

Le second tiers, qui venait après nous, était, comme je le reconnus ensuite, celui des rusés, qui ménageaient prudemment le fond de leurs chevaux.

Venaient enfin ceux dont les montures ne pouvaient faire mieux. Parmi ces derniers je vis M. Philebert, qui s'escrimait des jambes, de la bride et de la houssine, pour faire rattraper à son cheval la distance perdue ; mais il me parut que ses efforts seraient en pure perte.

Nous reprîmes bientôt la même allure qu'au départ ;
il ne fallait pas perdre de vue les autruches. Nous ga-

L'autruche noire.

gnâmes sur elles. Puis, l'extrême vitesse de nos chevaux se ralentissant, elles reprirent leur avantage.

Le courre se compose ainsi, — à cause de l'obliga-

tion de redonner de l'haleine aux chevaux et de maintenir leur fond, — d'alternatives qui rapprochent et
qui éloignent, jusqu'au moment où, étant forcée, l'autruche s'arrête d'elle-même, souvent à la distance d'un
kilomètre du chasseur (1).

Tant que les autruches courent réunies, les chasseurs
ne forment qu'un groupe; mais lorsqu'elles sentent
qu'elles seront bientôt forcées, un suprême instinct les
porte à se disperser, afin d'augmenter leurs chances
de salut.

Chacun prend, à ce moment, la piste de la sienne.

On suit pour ce choix l'ordre dans lequel on est
placé, c'est-à-dire que les autruches qui se détachent
à droite sont suivies par les coureurs de droite; celles
qui vont à gauche, par ceux qui se trouvent à gauche,
et toujours ainsi en se fractionnant individuellement.

Nos autruches ne se séparèrent que quarante minutes environ après notre relancer; elles se disper-
sèrent en éventail.

C'est alors que je vis les coureurs du second tiers
nous rejoindre, nous dépasser, et chacun d'eux prendre
la direction de l'autruche qu'il avait devant lui.

Nous fîmes tous de même, — je parle de ceux qui
étaient restés les premiers en ligne, car presque tout
le dernier tiers ne put rejoindre.

Nous continuâmes ainsi à suivre nos autruches, qui
étaient alors à huit cents mètres à peu près de nous.

J'en avais une fort belle devant moi, qui me paraissait être un mâle, tant elle était noire.

(1) Si l'autruche, comme la gazelle et bien d'autres animaux, reprenait
haleine dans sa course quand elle est poursuivie, on ne parviendrait pas, je
crois, à la forcer avec les moyens employés; mais du moment où elle est
lancée jusqu'à celui où elle succombe, elle fournit sa traite avec la même
raideur et se crève positivement elle-même

Je perdis bientôt mes compagnons de vue pour ne plus m'occuper que de ma chasse. — Je n'avais pas trop surmené mon cheval, je vis bientôt que j'avais chance de succès.

Après quelques minutes de grande allure, je gagnai sensiblement sur mon autruche. — Ses ailes commencèrent à pendre le long de ses cuisses, ce qui est un indice de fatigue; ses pieds soulevaient la poussière en raclant la terre.

J'étais dans un ravissement à nul autre pareil. J'excitai mon cheval, qui se ranimait de lui-même en voyant se rapprocher la distance qui le séparait de *notre bête*. Je le caressai en lui faisant de beaux compliments. — Je poussai des cris impossibles et entonnai, je ne sais sur quel air, ni avec quelles paroles... un chant de triomphe!

Quiconque se rappellera le plaisir qu'il a éprouvé en tuant, pour la première fois, à la chasse, un lièvre ou un perdreau, comprendra — par comparaison — la joie qui m'inondait lorsque j'atteignis mon autruche. — Je ne puis la décrire, il faut l'éprouver.

La pauvre bête s'était arrêtée à mon approche; elle ne pouvait plus avancer, elle avait le bec grand ouvert et vacillait sur ses pattes.

Je m'élançai à terre pour la prendre par le cou. — Je voulais l'étreindre dans mes bras pour en bien prendre possession. Au moment où je la saisissais, j'entendis derrière moi le galop d'un cheval et quelqu'un qui me criait:

« Prends garde aux coups de pieds, frappe à la tête! »

Je me retournai sans lâcher ma proie, et je vis Bel-Abbès qui accourait; il n'avait pas voulu prendre part à la chasse et m'avait suivi dans la crainte de me voir m'égarer.

C'était une précaution superflue ce jour-là, mais dont je lui sus bon gré néanmoins.

Il mit pied à terre, et, après avoir abattu l'autruche d'un coup de baguette sur la tête, il se mit à la saigner (¹).

Pendant qu'il se livrait à cette opération, je prenais ma peau de bouc, je rafraîchissais avec son contenu la bouche, les naseaux et le ventre de mon cheval.

Ce bon animal se prêtait avec une grande satisfaction à cette attention, que les Mekhalifs ne négligent jamais; puis je bus un peu moi-même pour ramener la salivation que la rapidité de la course et la grande chaleur avaient arrêtée en me desséchant la bouche et le gosier.

J'aidai ensuite Bel-Abbès à dépouiller l'autruche, — ce qui se fait en coupant la peau au-dessus des cuisses, région où cessent les plumes; on enlève seulement ainsi la peau du dos, des ailes et du cou.

Je fus un peu désappointé de ne retrouver dans mon autruche qu'une belle femelle, au lieu d'un mâle que j'avais espéré et cru reconnaître de loin. Nous la retournâmes sur le dos, les pieds en l'air.

Après l'avoir entourée d'arbustes et lui avoir mis quelques plumes blanches sous les ongles pour effrayer les carnassiers, nous reprîmes le chemin du bivouac, d'où nous devions envoyer des chameaux pour recueillir les victimes et les rapporter le soir même.

(¹) On sait que les musulmans ne mangent que la chair des animaux qu'ils ont saignés en les tournant vers la Mecque et en prononçant la formule de « Au nom de Dieu, Dieu seul est grand. » Cet usage rituel est en commémoration du sacrifice d'Abraham.

A ce moment nous fûmes rejoints par M. Philebert, qui, malgré le peu de vitesse de son cheval, n'avait pas voulu abandonner la partie.

Il avait suivi nos traces en subissant en partie la réalité de mon rêve de la nuit précédente. — Il stimulait toujours sa monture avec le même acharnement, mais sans en tirer autre chose qu'un lourd galop sur place.

Il était exaspéré de sa mésaventure, il jurait comme un païen après son *quidar* (¹) et contre celui qui le lui avait vendu pour un coureur de fond.

Je comprenais, je ne dirai point son désappointement, car ce mot ne rendrait pas la situation dans laquelle il se trouvait; elle approchait du désespoir.

Le chameau porteur.

Nos condoléances le touchaient d'autant moins, qu'à chaque instant nous trouvions sur notre parcours nos compagnons les Mekhalifs qui revenaient avec des dépouilles.

Les seize autruches avaient succombé !...

A notre arrivée au bivouac, nous fûmes acclamés par tous ceux qui n'avaient pas pris part à la chasse du jour. — Ils nous dirent : « Dieu vous donne la santé et vous conserve vos prises ! »

(¹) Nom que donnent les Arabes aux mauvais chevaux, équivalant à celui de rosse.

Des chameliers furent immédiatement expédiés avec des indications suffisantes pour retrouver les autruches.

On étala leurs dépouilles à l'ombre et, après les avoir nettoyées, on les couvrit de sel.

Nos chevaux furent l'objet de tous nos soins; on les fit boire à leur soif, on leur laissa brouter l'herbe de la daïa, et peu après on leur donna l'orge ([1]).

En attendant nos autruches, nous nous mîmes à examiner leurs belles peaux; il y en avait six de mâles et dix de femelles.

Après le plaisir de chasser, *voir son gibier* est le complément de satisfaction le plus agréable.

Les Mekhalifs, qui pensent de même, faisaient en connaisseurs l'éloge de telle ou telle dépouille : l'une était remarquable par la beauté des plumes blanches des ailes; l'autre, par les plumes d'un noir de jais du dos et du col; une autre enfin, réunissant la beauté des deux couleurs, était parfaite et n'avait pas de prix.

Et, à chaque éloge, ils répétaient : « Que Dieu bénisse et préserve du mauvais œil ([2])! »

Chaque chasseur se mit ensuite à raconter les épisodes de sa chasse particulière : — celui-ci avait été jusqu'à tel endroit, les sangles de sa selle s'étaient rompues, il avait dû les renouer tout en courant.

Le cheval de tel autre avait buté dans une ville de rats ([3]) et avait fait panache sur lui; il était remonté malgré cela et avait forcé son autruche, etc.

([1]) On attache une grande importance à ce que le cheval qui a couru urine et se secoue dans les deux heures qui suivent le courre; plus tôt il accomplit cette fonction et mieux cela vaut. Aussi est-ce *la question préalable* entre chasseurs qui s'abordent après le courre. Si la réponse est affirmative on se réjouit, parce qu'il n'y a pas de mauvaises suites à redouter.

([2]) Voir la note de la page 16 de la chasse au lion.

([3]) *Medinet-el-firan*. Ce sont des gerboises et des rats zébrés qui, pour

Ceux qui n'avaient pas été heureux se taisaient et regardaient les autres d'un œil d'envie, ou, mettant leur insuccès sur le compte de leurs chevaux, ils se promettaient de les faire jeûner encore pour les rendre plus agiles.

Vers le soir les chameliers apportèrent les autruches.

Le campement.

Nous allumâmes de grands feux, et une cuisine *gargantuélique* s'organisa.

Les uns découpèrent la chair par morceaux, les autres la graisse ([1]); on jeta le tout avec du sel dans des marmites en cuivre placées autour des feux.

la plupart, creusent ces galeries souterraines. Elles sont nombreuses dans les plateaux du Sud; elles occasionnent des chutes dangereuses quand on n'y prend pas garde, les pieds des chevaux y entrent jusqu'aux genoux.

([1]) L'autruche, quand elle est en bon état, a autant de graisse que de chair.

Bientôt ces vastes récipients chantèrent, en bouillonnant à la ronde, une mélodie qui n'était pas sans charmes pour les estomacs des Mekhalifs, — et pourquoi ne dirions-nous pas des nôtres? — Le déjeuner avait été insignifiant, la chasse et le succès avaient aiguisé chez nous l'appétit proverbial du chasseur.

Nous fîmes donc confectionner, en attendant la cuisson du hammoum (¹), des carbonnades avec un râble d'autruche : — cette préparation si simple, assaisonnée de sel et de poivre, fut trouvée excellente.

La chair de l'autruche a la plus grande analogie avec celle du bœuf.

Pendant toute la durée de la chasse, nous avons répété les expériences sous forme de consommés, daubes, biftecks, et toujours il nous a semblé manger de bon bœuf.

Une réminiscence de la grande époque gastronomique romaine nous fit songer à consommer, pour la rareté du fait, un plat de cervelles d'autruche.

Les Mekhalifs nous offrirent gracieusement en hommage toutes celles des leurs.

Notre cuisinier, les ayant réunies, en fit un ragoût avec de la moelle des tibias et force épices. — Ce mets rare, tant par son mérite réel que par les souvenirs qu'il rappelait, nous sembla délicieux.

(¹) Le *hammoum* est la chair de l'autruche coupée en menus morceaux et cuits dans la graisse de celle-ci. Cette préparation est savoureuse et très nourrissante.

Les Mekhalifs disent que la chair de l'autruche tient longtemps au ventre, et lui en font un mérite de plus.

Ils ajoutent que l'on peut en manger beaucoup impunément, qu'elle maintient le corps en bon état et la bouche fraîche; qu'on ne peut en dire autant de la chair de gazelle qui, plus succulente, échauffe davantage et rend la bouche amère.

Je laisse la responsabilité de cette opinion à ses auteurs.

Tronc de térébinthe (betoum).

Pour un quart d'heure, nous nous donnâmes des allures de Lucullus et d'Apicius.

Seize cervelles d'autruche et le désert pour salle à manger!... N'était-ce pas là du faste et de la magnificence?

Les Mekhalifs conservent avec soin la graisse de l'autruche, qu'ils renferment dans la peau des cuisses et du cou.

Pour eux, c'est un spécifique propre à guérir toutes les maladies internes et externes.

Ils ne se font faute de l'employer et affirment s'en trouver bien.

La chair qui n'est pas convertie en hammoum est découpée en lanières et séchée au soleil. Traitée ainsi, elle se conserve des mois entiers.

Tout est bon, tout sert dans l'autruche : les plumes se vendent, la chair se mange, la peau sert de récipients à la graisse, qui guérit tous les maux ; la plante des pieds sert à faire des semelles de brodequins pour les piétons; les nerfs, plus ou moins dédoublés, donnent un fil très résistant, propre à coudre le cuir.

Aussi les Mekhalifs ont l'habitude de dire, quand ils font une affaire très avantageuse : « C'est comme l'autruche, plumes et graisse. »

Notre repos après cette heureuse journée fut parfait, excepté peut-être celui de M. Philebert, qui ne se consolait guère de l'insuccès de son début. Mais je me hâte de dire que nous n'eûmes pas à nous apitoyer longtemps sur son échec; pendant le reste de la chasse, il fut un des plus heureux : il prit avec son autre cheval quatre beaux mâles, dont les plumes firent notre admiration.

Le lendemain, nous fîmes marcher et trotter devant nous les chevaux qui avaient couru, pour voir dans quel état ils se trouvaient

Deux étaient boiteux pour longtemps, trois l'étaient moins et pouvaient continuer la chasse, un enfin était fourbu.

Ce sont là des accidents presque inévitables, vu les conditions dans lesquelles on est obligé de courir.

Le sol est très rocailleux dans certaines parties; l'autruche semble faire exprès de choisir celles-ci, quoiqu'elle soit la première à en pâtir et à user ses pieds au contact des cailloux tranchants, — en quoi elle me paraît bien mériter la réputation de bêtise qui lui est généralement dévolue.

Aussi proclame-t-on trois fois heureux ceux dont les chevaux se maintiennent sans accident et peuvent fournir les sept ou huit courres de la saison.

Les chasses qui suivirent celle que je viens de raconter y ressemblent tellement que, pour ne pas me répéter, je ne citerai que le nombre des autruches forcées dans chacune d'elles.

Après chaque courre, nous changions de campement, parcourant les plus belles daïas de notre Sahra.

Nous vagabondâmes ainsi, en pleine liberté, environ trois semaines, chassant, en dehors de l'autruche, pour assurer notre subsistance quotidienne, des gazelles, outardes, lièvres, perdrix gangas; en un mot, tout ce qui nous tentait.

Pour varier encore nos plaisirs, nous entremêlions ces chasses de petites fêtes, dans lesquelles nous organisions des tirs à la cible, des courses à pied et des courses à dromadaires pour nos chameliers.

Le jeu de balle surtout était notre récréation favorite.

Les Mekhalifs prenaient part à tous ces jeux avec une expansion que j'ai rarement retrouvée chez les autres Arabes.

De cette vie journalière en commun s'était dégagée une sorte d'émulation qui nous entraînait tous à imiter ce que nous trouvions de bien les uns chez les autres. Ainsi, nous tenions tête aux Mekhalifs dans leurs plus rudes exercices à cheval et à pied; par contre, ceux-ci voulaient en faire autant dans la gymnastique et surtout dans le tir, où ils avaient des prétentions.

Un jour, pour bien trancher cette question d'adresse au tir à balle de pied ferme *sur un but fixe,* — car ils reconnaissaient notre supériorité pour le tir de vitesse à pied ou à cheval, — nous fîmes un concours dans les conditions suivantes.

Il s'agissait de casser un œuf de poule, suspendu à un fil contre le tronc d'un betoum, à la distance de cent pas.

Pour faire la partie plus égale, nous avions dit aux Mekhalifs :

« Vous êtes vingt tireurs, nous sommes deux : tirez chacun cinq balles sur le but, nous en ferons autant, et le parti qui touchera davantage aura gagné. »

Ils devaient tirer cent balles contre nous dix; mais nos armes nous semblaient meilleures.

L'enjeu était un peau d'autruche pour nous, si nous gagnions, ou sa valeur pour les Mekhalifs, si nous perdions.

Les choses ainsi convenues, le tir commença.

Nous en fîmes les honneurs aux Mekhalifs, qui paraissaient ne pas douter du succès.

Ils tirèrent successivement leurs cinq balles chacun, mais en vain : aucun n'atteignit l'œuf, qui, je dois l'avouer, se voyait à peine. — J'avais ainsi choisi ce but à cause de la jactance de leurs meilleurs tireurs, qui prétendaient ne tuer le gibier qu'en lui mettant la balle dans l'œil.

Quand ce fut notre tour, à M. Philebert et à moi, de tirer, l'attention de tous redoubla. Nos premiers coups, sans toucher, portèrent beaucoup plus près du but, ce qui fut franchement reconnu. A ma quatrième balle, l'œuf vola en éclats.

L'effet fut d'autant plus grand que la conviction de tous, après expérience, était qu'on ne pouvait l'atteindre.

« Tu as gagné la peau d'autruche, me dirent les Mekhalifs, et de plus, nous reconnaissons que vous êtes nos maîtres, même dans le tir posé. »

J'eus, quelques jours après, l'occasion de les confirmer encore dans cette idée par un de ces hasards qui font sensation quand ils se produisent.

Nous changions de campement et marchions en goum vers notre nouveau bivouac, quand nous découvrîmes dans le lointain un troupeau de gazelles d'une soixantaine de têtes.

Les Mekhalifs, auxquels j'avais parlé de la longue portée de ma carabine de Lancastre dont ils connaissaient déjà la précision, me dirent :

« Certes, ton fusil ne porterait pas ses balles à ce troupeau. »

Je trouvai effectivement que la distance était considérable; mais comme il y avait un semblant de défi dans leurs paroles, je voulus le braver, et je répondis que je n'en doutais pas. Il y eut sur leurs lèvres un sourire qui protestait mentalement contre cette assertion. Pour le faire cesser, j'arrêtai mon cheval, j'ajustai le troupeau, en visant au-dessus de la hausse, qui portait déjà mille mètres, et, convaincu du reste que ma balle ne s'écarterait pas beaucoup du point visé, je fis feu... On sait qu'une balle de carabine met trois ou quatre secondes pour parcourir un pareil trajet. Déjà mes gens allaient ouvrir la bouche pour dire qu'elle ne parviendrait pas, lorsqu'elle frappa au milieu du troupeau en soulevant un petit nuage de poussière.

Ce fut d'abord de la stupeur et de l'ébahissement, qui se traduisirent ensuite par les exclamations les plus variées.

Le troupeau de gazelles avait pris la fuite quand la balle avait frappé, mais j'ignorais s'il y avait eu une bête d'atteinte. J'envoyai deux cavaliers s'en assurer. Ceux-ci partirent au petit trot sans le moindre espoir; mais quand ils furent aux trois quarts du chemin, nous les vîmes prendre le galop en agitant leurs burnous, peu après mettre pied à terre et se baisser comme pour ramasser quelque chose...

C'était, pour comble de l'étonnement, — auquel je pris part moi-même cette fois, — une gazelle qui avait reçu ma balle dans la poitrine et avait été tuée raide.

Ce coup fut trouvé merveilleux par les Mekhalifs. Ils voulurent séance tenante en perpétuer le souvenir.

Pour cela, ils rassemblèrent une grande quantité de pierres dont ils bâtirent un redjam (¹), puis ils allèrent en établir un autre pareil à l'endroit où ma balle avait frappé la gazelle.

Je fus curieux de mesurer la distance qui séparait ces deux points.

Il y avait onze cents mètres!...

Les Arabes appellent aujourd'hui ces deux tumulus,

(¹) *Redjem, jeter des pierres.* — Témoin, tumulus de forme conique de deux à trois mètres d'élévation. On en rencontre beaucoup dans le Sud. Quelques-uns sont des tombeaux très anciens; d'autres sont des monuments commémoratifs de faits remarquables, ou indiquent le lieu où des guerriers en renom ont été tués.

qui se trouvent près de l'oued Nili : *Redjam-el-Ghezal,*
— témoins de la gazelle.

Quels bons souvenirs j'évoque là !... Je m'y complais
peut-être un peu; mais qui n'en ferait autant à ma place ?

Quelques orages qui eurent lieu vers le 15 juillet
nous rendirent cette existence facile par la grande
quantité d'eau qu'ils amenèrent dans les r'dirs de la
région où nous chassions.

Sans cette bonne fortune, peu ordinaire dans cette
saison, nous aurions dû faire venir notre eau, soit de
Laghouat ou du Mzab, ce qui aurait obligé nos chameaux à un trajet de quarante lieues, aller et retour.

Voici le résultat exact des chasses de la première
année :

1er courre à Daïa El-Beugra	16 autruches, dont	6 mâles.
2e — à Daït Chelif	12 —	4 —
3e — à Daït Ghers-ou-Diba	11 —	5 —
4e — id.	4 —	3 —
5e — à Daït Bellil	7 —	3 —
6e — à Daït Guerg	13 —	4 —
7e — à Daït El-Niague	4 —	2 —
8e — id.	5 —	3 —
	Total...	72 prises, dont	30 mâles.

Toutes nos chasses ne furent pas sans quelques déceptions.

Ainsi nous fîmes trois fois le pied de grue au gâd :
la première, parce que les autruches parvinrent à se
dérober aux rabatteurs; les deux autres, parce que
ceux-ci n'en trouvèrent pas, et que, selon leur expression, « il n'en était pas poussé dans le pays. »

Un jour aussi qu'il faisait froid, comparativement, nous courûmes vainement une bande de dix-neuf au-

Gazelles.

truches, qui nous avait été lancée de trop près par les rabatteurs.

Nous nous étions promis, en allant nous poster et en nous apercevant que la journée n'était pas assez chaude, de ne pas relancer; mais à peine les vedettes nous eurent-elles crié que les autruches venaient,

7

qu'oubliant nos bonnes résolutions, nous nous mîmes en chasse, plus forcenés que jamais.

Après deux heures de la course habituelle, la bande ne s'était pas encore séparée ; elle avait rencontré dans sa fuite une compagnie de vingt-deux autruches. Ces dernières, étant toutes fraîches et reposées, emmenèrent les autres en leur communiquant une nouvelle vigueur.

Le dépit de voir un si grand troupeau nous échapper sans nous laisser la moindre plume nous fit continuer notre poursuite contre toute prudence

Mais, après une course insensée, nos chevaux étant à bout de souffle et de jambes, force fut d'arrêter. — Nous avions parcouru un trajet de douze à quatorze lieues !... Nous n'étions plus que deux, le caïd Toumi et moi.

M. Philebert, qui avait appuyé à droite, était de son côté resté avec deux Mekhalifs. Tous les autres, soit que leurs chevaux n'eussent pu suivre, soit que, mieux avisés que nous, ils se fussent arrêtés à temps, avaient rejoint le bivouac en reconnaissant l'inutilité de pousser plus loin.

Le hasard avait dirigé ce jour-là notre course dans une région sans daïas, sans accident de terrain reconnaissable, en un mot, sans le moindre repère pour nous guider au retour.

Nous pouvions nous égarer et errer pendant le reste du jour et de la nuit, sans une goutte d'eau pour humecter nos gosiers desséchés. Nous avions vidé nos peaux de bouc pendant la course pour rafraîchir la bouche de nos chevaux. — La situation était critique.

Nous essayâmes d'accélérer notre retour au bivouac en nous guidant sur le soleil, qui était encore sur l'horizon; mais nos chevaux refusèrent de prendre une autre allure que le pas, encore nous fallut-il mettre pied à terre pour les faire marcher.

Quand la nuit vint nous prendre, il nous restait encore plusieurs lieues à cheminer péniblement, en traînant nos chevaux par la bride.

La soif que nous supportions depuis quelques heures

Chasse de la gazelle au galop.

s'était accrue par la fatigue de la marche et nous faisait cruellement souffrir.

Le caïd Toumi était fort inquiet; je le rassurai en lui disant que j'étais aussi bon piéton que lui, que je resterais facilement jusqu'au lendemain sans boire, s'il le fallait.

Par amour-propre, je me vantais sans doute un peu dans ce moment, mais à quoi m'aurait servi de me plaindre? Je ne voulais pas me montrer inférieur à mon compagnon d'infortune lorsqu'il s'agissait de supporter une dure privation et une grande fatigue, choses dans lesquelles les Arabes n'ont que trop de tendance à se croire supérieurs aux Européens.

Nous continuâmes donc à avancer en faisant marcher nos chevaux devant nous, après leur avoir ôté la bride pour les soulager encore.

L'émoi, pendant ce temps, s'était emparé de tous les Mekhalifs qui étaient restés au bivouac, et de ceux qui l'avaient rejoint après nous avoir quittés.

Ceux-ci furent questionnés pour savoir la direction que nous avions suivie, — si nous étions loin, — si nous avions de l'eau, etc.

Mais lorsque, vers huit heures du soir, il n'y eut pas apparence de notre retour, l'inquiétude de tous fut à son comble.

Le caïd Bel-Abbès, qui redoutait un accident grave, s'arrachait la barbe. — « Que dira-t-on de nous, s'écriait-il, si le commandant et l'officier s'égarent et meurent de soif, eux et leurs chevaux, lorsqu'ils se sont confiés à nous? Allons, tout le monde à cheval avec des outres pleines d'eau ! — Dispersons-nous dans la direction du sud-ouest qui est celle qu'ils ont prise. — Que personne ne revienne avant de les avoir retrouvés ! — C'est ce chien de Toumi qui est cause de tout ceci : il a entraîné la chasse au lieu de la rompre, comme il aurait dû le faire, puisque la journée était froide. »

Ce pauvre Toumi ne méritait pas seul ces reproches, nous étions au moins aussi coupables que lui.

Ce fut le caïd Bel-Abbès, accompagné de deux des siens, qui nous rencontra le premier. Nous avions enfin entendu son appel, qu'il lançait de temps à autre dans l'espace et auquel nous avions répondu aussitôt qu'il avait été à notre portée.

Dès qu'il nous aperçut, il nous montra en l'élevant au-dessus de sa tête l'outre pleine d'eau fraîche qu'il nous apportait; il pensait avec raison que cette vue nous ranimerait. — C'est avec un empressement dont je fus très touché que ce brave Bel-Abbès se jeta à bas de son cheval et me tendit la peau de bouc dont il avait déjà ouvert le goulot. « Tiens, bois! » me dit-il. — Cette phrase toute lacédémonienne valait mieux qu'un long discours en ce moment; mais, assuré que j'étais d'arriver bientôt à nos tentes, je tins à me montrer stoïque jusqu'au bout : je le remerciai en lui disant que je pouvais encore m'abstenir de boire, de passer l'eau à Toumi. Celui-ci n'y fit point tant de façons, et, tout en me regardant d'un air étonné, il accola vigoureusement la bienvenue peau de bouc, dont il vida la moitié d'un trait. Le reste fut versé dans sa calotte, à nos chevaux.

Ce rafraîchissement, si minime qu'il fût, leur rendit un peu de vigueur et nous permit d'arriver deux heures après à notre campement, à la grande joie de tous, et particulièrement à la nôtre.

Tout considéré, je trouve que ces incidents relèvent la saveur de ces chasses à émotions, et ajoutent encore à leur piquant. — Je suis de l'avis de ceux qui pensent que les contrastes assaisonnent et varient l'existence. Sans notre échec de la journée, nous n'aurions pas connu le vif intérêt que nous portaient ces bons Mekhalifs; nous n'aurions pas éprouvé la grande satisfaction de nous voir atteindre sains et saufs notre bivouac, et enfin l'indicible jouissance de boire longtemps pour apaiser notre soif.

Tout a un terme en ce monde, surtout les meilleures choses.

Il nous fallut rejoindre nos postes, mais non sans jeter un regard de regret à la région où nous avions passé de si heureux jours.

Dans notre réunion des adieux, les Mekhalifs nous donnèrent rendez-vous pour recommencer la chasse l'année prochaine. « Nous aurons plus de chasseurs que cette année, nous dirent-ils ; les plumes se vendent cher, c'est le cas d'en faire de bonnes récoltes. »

Effectivement, jamais ils n'avaient vendu les leurs un aussi grand prix.

Des indigènes, des juifs d'Alger, de Tunis et de Tripoli, étaient en nombre dans le Mzab, à attendre les dépouilles que les chasseurs y apportent tous les ans.

Ils achetèrent les peaux des mâles à raison de 170 fr. chaque, avec l'obligation de prendre en même temps deux peaux de femelle pour une de mâle.

Le nombre des peaux de mâle fut augmenté par une petite supercherie que les Mekhalifs ne se font aucun scrupule de pratiquer vis-à-vis des juifs peu connaisseurs.

Il y avait dans le nombre des peaux de femelle dont les plumes étaient presque noires ([1]), il les déguisèrent facilement en dépouilles de mâle par l'adjonction de quelques belles plumes de ceux-ci. « C'est une bonne plaisanterie, racontait le Mekhalif qui avait réalisé cette opération ; Dieu a aveuglé ce chien de juif, qui non seulement n'a pas chicané pour les peaux, mais qui de plus m'a donné un cadeau pour que je lui accorde la préférence. »

([1]) Celles des femelles sont grises ordinairement.

La part de chaque Mekhalif fut de 350 francs, somme bien supérieure à celle des années précédentes.

Nous emportâmes, M. Philebert et moi, chacun quatre dépouilles des autruches que nous avions forcées. Les rabatteurs furent, bien entendu, convenablement rémunérés.

« Vous nous avez porté bonheur, nous dirent Bel-Abbès et Toumi en prenant congé de nous; l'an prochain, si Dieu veut et si nous sommes en vie, nous recommencerons. Vous ne pouvez vous dispenser dorénavant de chasser l'autruche avec nous; vous êtes devenus de vrais Mekhalifs, aussi aptes qu'eux à la vie du désert. »

Ces braves gens avaient l'intention de nous faire un compliment, de plus nous étions de leur avis; aussi leur répondis-je avec conviction : « A l'an prochain ! Que Dieu nous garde jusque-là ! »

Est-il besoin d'ajouter que l'année suivante nous tînmes religieusement parole, et que nous eûmes encore de belles chasses, dont le résultat fut trente-deux autruches forcées.

La troisième année nous fûmes moins heureux : malgré une exploration consciencieuse de nôtre Sahra, nous ne prîmes que douze autruches.

M. Philebert, qui avait été nommé chef du bureau arabe de Miliana, n'en vint pas moins chasser tous les ans avec nous.

Son successeur à Djelfa, M. le capitaine Thomassin, fut des nôtres à la saison de la troisième année. — Grand amateur de chasse et de chevauchades, il compléta le trio.

Ce fut avec lui que nous accomplîmes une course de soixante-douze lieues, qui ne fut interrompue que par une nuit de bal que nous vînmes passer à Laghouat.

Jamais je n'ai vu de joie pareille à celle qu'éprouva le capitaine Thomassin quand il prit sa première autruche : cela tenait du délire et se traduisait par des danses et des chants de la plus haute fantaisie. — Comme il nous paraissait vrai alors ce proverbe des Mekhalifs : « Chasser l'autruche rajeunit! » surtout quand on la prend, cela va sans dire.

Il avait été convenu qu'il serait fait un tableau commémoratif de ce joyeux événement, avec notes, commentaires et musique d'une danse intitulée *le Pas de l'autruche*.

Je ne sais si ce tableau a jamais été mis sur le chevalet; mais ce dont je ne doute pas, c'est qu'il existe dans la mémoire de notre ami Thomassin, avec les personnages, le mouvement et la couleur qu'il avait à l'époque de sa conception.

A cette troisième saison assistèrent aussi quelques chefs indigènes de ma connaissance, de la subdivision de Miliana.

Un entre autres, Si-el-Habid, agha des Braz, vigoureux chasseur s'il en fut, était habitué à forcer le sanglier dans les courts espaces du Tell.

Il s'était imaginé, malgré nos conseils, qu'il fallait lancer son cheval à fond de train et lui donner de l'éperon sans trêve ni répit pour prendre les autruches de haute lutte.

Si-el-Habib avait amené trois bons chevaux pour pouvoir courir à souhait; au troisième courre, il ne lui en restait plus : il les avait mis sur le flanc par suite de boiterie, d'effort de tendons et de fourbures.

Son serviteur, un de ces vieux domestiques affectionnés, à la parole libre, comme il en reste encore

dans les grandes familles arabes, en le voyant revenir
à pied pour la troisième fois, lui dit : « O seigneur
Habib, tu as encore crevé ton dernier cheval ! Eh bien,

Le sanglier du Tell.

monte sur un chameau maintenant ; c'est ainsi que je
te ramènerai à tes femmes ! »

Le bonhomme était très en colère ; il ne comprenait
pas que l'on pût ainsi, de gaieté de cœur, sacrifier

trois chevaux de prix pour courir après de grosses volailles, comme il appelait les autruches.

Tout en regrettant la mésaventure de son maître, nous ne nous attristions pas trop de ses jérémiades, nous comprenions, pour l'avoir éprouvée, la passion que Si-el-Habib avait pu mettre, comme hardi mais peu prudent cavalier, à courir ces trop intéressantes autruches.

Voir Naples et mourir! disait-on autrefois. Ce dicton est bien vieux et a fait son temps. — J'en propose un pour notre époque, avec une variante de circonstance : chasser l'autruche et... vivre longtemps... pour recommencer!!! Pourquoi mourir, quand on a mieux à faire?...

L'AUTRUCHE

DÉDIÉE A M. MARGUERITTE, CAPITAINE AU 1ᵉʳ SPAHIS

COMMANDANT SUPÉRIEUR DE LAGHOUAT

PAR M. A. DE COURVAL (¹)

Laghouat, le 24 juin 1855.

(¹) M. DE COURVAL, grand chasseur normand, est venu chasser en touriste, en mars 1855, avec M. le baron DE NIVIÈRE, à Laghouat. Je leur fis faire une chasse dans laquelle ils eurent la bonne fortune de tuer chacun une autruche au fusil.

LE LION

DE LA FORÊT DES CÈDRES

RENCONTRE FORTUITE

Dans l'hiver de 1847, un lion vint prendre possession de la partie sud de la forêt des cèdres de Téniet-el-Hâd. De là il rayonnait à quelques kilomètres à la ronde et se sustentait aux dépens des douars de la tribu des Beni-Hayâne.

Je fus prévenu, dans les premiers jours de janvier, qu'il s'acharnait particulièrement sur les bestiaux du Vieux de la Montagne, — El-Arbi-el-Hayâni, — personnage dont je reparlerai au chapitre suivant.

Je résolus d'aller passer deux ou trois nuits à l'affût de ce lion.

J'arrivai donc un après-midi chez El-Arbi, qui me fit un bon accueil et me raconta, tout en aidant à mon installation d'affût (¹), que depuis huit jours le lion

---

(¹) Je dirai une fois pour toutes que ces préparatifs consistaient, quand j'étais pressé par le temps, à faire un trou de deux pieds de profondeur, autour duquel je plantais quelques branches d'arbre pour me dissimuler. Lorsque j'en avais le loisir, je faisais un trou plus profond que je recoun'avait pas manqué une seule nuit de venir rôder autour de son douar ; qu'il avait réussi à y pénétrer trois fois et à lui prendre trois brebis ; que, sans doute, il reviendrait encore cette nuit, etc.

Je disposai mon affût à trente pas des tentes, à un endroit qui me semblait très propice et par où arrivait le lion.

J'y plaçai comme appât un jeune taurillon malingre de peu de valeur.

Quand le soleil se fut couché, je m'installai dans mon trou, je veillai toute la nuit, mais vainement.

Le lion, contre l'attente générale, ne vint pas.

Le lendemain, je me remis à mon affût, espérant mieux, mais finalement sans autre résultat ; j'avais seulement constaté que, vers minuit, les chiens d'un douar situé à environ deux kilomètres de celui où j'étais avaient fait grand vacarme pendant plus d'une heure.

Quelque chose d'insolite avait dû se passer de ce côté.

Nous apprîmes effectivement, dans la matinée, que le lion avait été prendre une brebis dans ce douar, et qu'après l'avoir mangée il avait dû se réfugier dans la forêt.

Pour cette fois, il n'y avait rien à faire, c'était partie remise. — Le temps, du reste, était devenu menaçant, l'horizon s'était teint en noir et dénonçait une grosse

vrais alors de branches solides qui constituaient un véritable abri contre le froid et contre le premier choc possible d'un lion ou d'une panthère.

J'établissais surtout ces sortes d'affûts permanents dans les endroits très retirés où ils se tenaient habituellement.

Quand j'allais y passer la nuit, je faisais attacher à quelques pas de moi des animaux de rebut et hors de service pour servir d'appât.

neige; le mieux était de regagner Téniet-el-Hâd au plus tôt (¹).

Il me fallait, pour cela, traverser une partie de la pente sud de la forêt des cèdres.

Lorsque j'y arrivai, suivi d'un cavalier qui m'avait accompagné pour prendre soin de mon cheval, je trouvai, au gué d'un ruisseau appelé l'oued Fersiouan, un nommé Si-Yahia, chasseur de profession, avec lequel j'avais chassé quelquefois le sanglier. Il semblait regarder avec attention quelque chose à ses pieds.

Après nous être salués, il me dit : « Voici les traces fraîches d'un lion; elles sont fortement empreintes dans la terre glaise des bords du ruisseau. »

Je mis pied à terre et je vis aussi ces grandes traces qui ne dataient que de quelques heures à peine... D'après leur direction, c'était sans nul doute celles du lion que j'avais voulu affûter et qui avait été manger une brebis ailleurs.

Les traces allaient au nord vers Kef-el-Siga, partie très boisée et rocheuse de la forêt, où le lion avait probablement son repaire.

J'en fis la remarque à Si-Yahia et lui demandai son avis.

« Le lion, me dit-il, doit certainement se trouver dans ce bois touffu de chênes blancs que tu vois là-haut. — Il y a quelques jours, en poursuivant des gazelles ledmi (²), j'y ai trouvé de ses *laissées* toutes frai-

---

(¹) Téniet-el-Hâd est situé à 1 160 mètres au-dessus du niveau de la mer, les hivers y sont très rigoureux; j'y ai vu la neige à demeure pendant des périodes de trente à quarante jours.

Le point le plus élevé de la forêt des cèdres, au pied de laquelle est Téniet-el-Hâd, est de 1 986 mètres.

(²) *Ledmi*, grosse gazelle de montagne à longues cornes, double en grosseur de la petite et gracieuse gazelle *scini* des plateaux.

ches, ce qui m'a empêché d'aller plus loin... car tu sais que je ne m'attaque pas à ces bêtes-là. Le sage n'entreprend que ce qu'il peut en ce monde. — J'ai des enfants à nourrir, et je ne veux pas être traité comme mon cousin Kaddour-ben-Moussa.

— Je sais tout cela, lui répondis-je (il m'avait déjà fait sa profession de foi). Je ne te proposerai pas de

La gazelle scini.

venir attaquer le lion dans son repaire; oblige-moi seulement de m'accompagner une partie du chemin pour me mettre sur la voie. Les traces en dehors de la terre mouillée ne sont pas apparentes; si tu ne m'aides, je n'en viendrai pas à bout.

— Comme cela, je le veux bien, me dit Si-Yahia, mais je te répète que je n'entrerai pas dans le bois où est le lion... Toi-même tu ferais bien de ne pas le tenter; tu connais le proverbe : « Qui cherche trouve. »

Le lion n'est pas une gazelle, et puis voici bientôt la neige qui va tomber ; nous ferions bien de rentrer chacun chez nous.

— Fais-le si tu veux, répondis-je ; mais puisque tu crois le lion là-haut, je veux y aller voir. Je viens de passer deux nuits à l'attendre, c'est beaucoup trop de peine pour rien. »

Et je me mis en marche, en recommandant au cavalier qui tenait mon cheval de me suivre de loin et de s'arrêter quand il trouverait le chemin trop difficile.

Mon but était de gagner le bois en question, lequel se trouvait à environ quinze cents mètres de l'endroit où nous nous étions arrêtés, d'y pénétrer avec précaution, de tâcher de tirer le lion si je le voyais ; dans le cas contraire, de revenir prendre mon cheval et gagner Téniet-el-Hâd.

Si-Yahia, en me voyant partir, eut un moment d'indécision ; puis, par un bon mouvement, il vint me rejoindre et se mit à me guider en marchant devant moi. De temps à autre nous trouvions, à défaut de traces, des foulées qui nous indiquaient que nous étions sur la piste.

Nous avions parcouru les deux tiers de la distance qui nous séparait du bois, sans trop de précautions, mais nous en prîmes davantage pour le trajet qui restait à faire.

Nous marchions doucement, nos fusils armés et l'œil en éveil. La neige commençait à tomber. Nous avions déjà dépassé plusieurs taillis, quelques autres restaient encore à traverser avant d'arriver au bois, lorsqu'en pénétrant dans un de ceux-ci, je vis Si-Yahia, qui marchait à deux pas devant moi et un peu à droite, s'arrêter net, comme pétrifié... Je m'arrêtai aussi et

El-Arbi.

cherchai, en suivant la direction du regard fixe et presque hagard de mon guide, ce qui avait pu l'arrêter si brusquement.

Je vis alors, en avant et à gauche de moi, en contrehaut et à six pas au plus, un grand lion accroupi, les pattes de devant allongées, avec son énorme tête reposant dessus... A ce moment il avait conscience que quelqu'un troublait son repos, car il ouvrait les yeux et levait la tête vers nous.

J'étais le plus proche de lui, la longueur de son corps était dans le prolongement exact de mon rayon visuel; c'était moi particulièrement qu'il regardait avec de grands yeux limpides et étonnés, mais sans la moindre trace d'effroi.

« Que me veulent ces intrus?... » Voilà ce que voulait dire ce regard superbe dont je me souviendrai toujours.

Il n'y avait pas d'hésitation possible, et, selon le proverbe, le vin était tiré, il fallait le boire...

Je levai lentement le canon de mon fusil, pour ne pas provoquer l'agression du lion, dont le front commençait déjà à se plisser, je l'ajustai très sérieusement en visant à la dépression du front...

Je fis feu, et me baissai aussitôt, dans la pensée que le lion, venant à bondir, pourrait passer par-dessus moi, ce qui me permettrait alors, en me retournant, de lui tirer mon second coup.

Mais rien de pareil n'eut lieu; le lion, touché en pleine tête, avait bondi sur place, était retombé en arrière et avait été entraîné par la déclivité du terrain sans que j'aie pu le revoir, à cause de la fumée et des broussailles qui m'en dérobèrent la vue.

Je l'entendis pendant quelques secondes fouler les

buissons et gronder sourdement en suivant la pente de
la montagne.

J'avisai ensuite Si-Yahia, qui s'était tapi contre une
souche d'arbre.

Il avait laissé tomber son fusil, qui s'était déchargé
je ne sais comment; lui-même ne put me le dire. Il
avait sans doute tiré en même temps que moi, mais
sans viser et par un mouvement machinal, car je re-
trouvai, en cherchant, sa balle enfouie à terre à deux
pas de l'endroit où il s'était arrêté.

Je rechargeai mon fusil et me mis sur les traces du
lion, que je pouvais suivre cette fois au sang qu'il laissait sur le sol et aux branches qu'il frôlait.

J'espérais à chaque instant le trouver mort ou expi-
rant; mes deux balles mariées ne pouvaient que l'avoir
frappé au front, c'est-à-dire mortellement.

Mais la neige augmentait d'intensité à chaque minute; au bout d'un quart d'heure j'étais dans une véritable tourmente, qui ne me permettait pas de voir à
quinze pas, et qui couvrit bientôt le sol de façon à faire
perdre toutes traces.

Si-Yahia m'avait rejoint. — Cette fois je suivis son
conseil d'abandonner la poursuite du lion.

Ce fut avec beaucoup de peine que je pris ce parti,
mais il y avait cas de force majeure.

Je regagnai mon cheval et je repris le chemin de
Téniet-el-Hâd avec mon cavalier, derrière lequel je fis
monter en croupe Si-Yahia, qui, bien hébergé à la
maison des hôtes pendant trois jours, se remit de ces
émotions en prenant force tasses de café.

Le mauvais temps dura une semaine, le sol fut couvert d'un pied de neige; je perdis ainsi tout espoir de
reconquérir ma bête.

Ce n'est que vingt jours après que des pâtres en trouvèrent les restes à peine reconnaissables dans un gros buisson d'où sortaient des chacals et au-dessus duquel planaient des corbeaux et des vautours.

Ces pâtres y entrèrent par curiosité, ils virent la carcasse d'un lion, avec des vestiges de crinière et de pattes. Leurs maîtres, auxquels ils firent part de cette découverte, vinrent me prévenir. L'histoire de ma rencontre était connue, et ils ne doutaient pas que ce ne fût là le lion que j'avais tiré.

Il était allé mourir un peu au-dessous du gué où nous avions vu ses traces.

Je me rendis aussitôt sur les lieux, et je constatai, en voyant la tête du lion dénudée de sa peau, que les balles, au lieu de pénétrer dans la cervelle, n'avaient fait que labourer le crâne dans sa longueur, assez profondément néanmoins pour que mort s'ensuivît.

C'était là, dira-t-on, une mince consolation. Eh bien, non !... Il y allait d'une question d'amour-propre de tireur vis-à-vis de moi-même (¹). J'étais moralement sûr d'avoir bien visé, d'avoir même à ce moment songé que mes balles relèveraient à si courte distance, ce qui m'avait fait mettre mon guidon à la naissance du front au lieu de le mettre sur le front même de la bête.

Je voulais une certitude matérielle, je l'eus en touchant ce crâne, dans lequel mes balles avaient fait une tranchée.

Bourgeon, mon ami, — comme dirait Tœpffer, —

(¹) Et aussi vis-à-vis des indigènes, qui ont la conviction qu'il est peu d'hommes qui puissent regarder le lion dans les yeux sans en être troublés.

vous êtes pour quelque chose dans la recherche et dans la mise en évidence de ces preuves ! Hélas ! oui, il y a quelque chose comme cela, et mieux vaut de suite en convenir... Qui n'a sa petite pointe d'amour-propre en ce monde ?

LE
VIEUX DE LA MONTAGNE

ET

SON PACTE AVEC UN LION

Quand j'arrivai, en 1844, à Téniet-el-Ilàd, comme chef du bureau arabe, je connaissais déjà El-Arbi-el-Hayâni, alors khalifa (¹) du bach-aga Ameur-ben-Ferhat, et caïd des Beni-Hayâne.

Depuis une quarantaine d'années, cet homme était en possession d'une réputation d'audace et de bravoure que ses exploits avaient entretenue et augmentée chaque année.

Ses hardis coups de main sur l'ennemi étaient pris pour termes de comparaison dans le pays. On disait des plus réussis : « C'est comme El-Arbi-el-Hayâni à telle époque, dans telle circonstance. »

Sa réputation avait encore acquis un nouveau relief dans les dernières années, par les services qu'il avait rendus à nos chefs de colonne.

(¹) *Khalifa*, suppléant, — qui remplace.

Il s'était trouvé à toutes les affaires sérieuses qui eurent pour théâtre le massif montagneux du Ouarsenis et les hauts plateaux du Sersou.

Il connaissait nos généraux et était connu d'eux.

Il les appelait familièrement Bugeaud, Changarnier, Saint-Arnaud, etc.

Quand il racontait le rôle qu'il avait joué près d'eux dans les grandes occasions, il assumait de très bonne foi la responsabilité ou le mérite de certains actes et s'exprimait ainsi : « Bugeaud, le jour de sa bataille avec les Beni-Boukhennous et leurs alliés, allait faire tel mouvement, lorsque je lui dis : « Bugeaud, crois- » moi, je connais ces chiens-là et toutes leurs ruses. » Voici ce qu'il faut faire... » Il accueillit ma parole... et nous avons gagné ! » Ou bien : « Vous savez, mes en- fants, la bataille de l'Oued-Fodda ! elle a été rude ! Heureusement j'étais avec Changarnier, je ne l'ai pas quitté; quatorze fois nous avons chargé ensemble, et à chaque fois Changarnier me disait : — « El-Arbi, les » Arabes falmas ! » — C'était vrai, nous les renver- sions comme des femmes ! ma balle ne tombait pas à terre. — Et avec Saint-Arnaud donc ! Vous rappelez- vous la grande razia que je lui fis faire sur les Beni- Maïda ? — J'eus assez de peine, c'était la première fois que le Roumi allait si loin. Il y avait une longue marche de nuit à faire, de mauvais chemins; mais je dis à Saint-Arnaud : « Écoute, je vais aller moi-même à la » découverte; je guiderai ta cavalerie, mon fils con- » duira ton infanterie, et nous prendrons cette tribu » qui ne veut pas se soumettre. » Quel succès nous avons eu là ! — Aussi Saint-Arnaud me donne toujours la main quand il me voit et me dit : « Bono Larbi ! »

En dehors de ce qui était guerre, combats, aven-

Le maréchal Bugeaud.

tures, El-Arbi avait une naïveté d'enfant, une bonté rare. Son hospitalité était prodigue : on disait qu'on ne savait qui l'emportait chez lui de l'homme de poudre ou de l'homme de taâm (¹).

Je l'avais en affection pour ses bonnes qualités et sa franchise de conduite vis-à-vis de notre domination, qu'il avait reconnue et adoptée sans arrière-pensée.

Souvent je prenais plaisir à lui faire raconter ses combats avec les tribus hostiles, Blal, Beni-Chaïb, Oulad-Bessam, Beni-Lassen. Il leur avait tué dix-sept guerriers !

En revanche, il avait, comme souvenir d'elles, quatorze blessures graves, dont les cicatrices lui couvraient le corps.

Il ne lui restait que deux doigts mutilés de la main gauche, mais il trouvait encore moyen de s'en servir comme d'une fourche, pour soutenir son fusil et viser.

El-Arbi était petit de taille, un peu voûté par l'âge; il avait un front proéminent et large, des yeux gris très vifs, enfoncés sous l'arcade sourcilière, le menton en saillie et un grand nez qui cherchait à s'en rapprocher.

Ce qui frappait dans cette physionomie, c'était un mélange d'énergie et de bonhomie qui rendait l'homme sympathique.

Le Vieux de la Montagne, comme nous le nommions, ne manquait jamais, quand des étrangers ou des personnages de distinction allaient visiter la forêt des cèdres et déjeuner au rond-point, d'apporter un agneau

---

(¹) *Taâm*, aliment, par extension kouskous. Le plus grand éloge que l'on puisse faire de quelqu'un chez les Arabes, c'est de dire de lui qu'il est *moula taâm*, maître du taâm, hospitalier; ou *moula baroud*, maître de la poudre, brave par excellence.

qu'il faisait rôtir et qu'il offrait avec la meilleure bonne
grâce.

Il était surtout ravi quand il y avait des dames. Il
dépeçait alors lui-même l'agneau avec ses doigts, selon
la coutume arabe, et leur offrait les meilleurs morceaux, sans trop se préoccuper du peu d'orthodoxie du
procédé... Il croyait au contraire se montrer très ga-
lant. C'est en adoucissant sa voix qu'il leur disait :
« Mangez ceci, mes filles ! le vieux El-Arbi a bien de la
joie à vous recevoir. C'est peu de chose ce qu'il vous
offre, mais c'est de bon cœur. » Et il y avait tant de
simplicité dans ses manières, que les dames accep-
taient gracieusement, et s'arrangeaient de façon à lui
faire croire qu'elles mangeaient de grand cœur ce qu'il
leur offrait.

Si j'ai parlé un peu longuement du vieux El-Arbi,
c'est que je voulais le faire connaître avant de raconter
son aventure avec un lion.

Pendant les deux jours que j'étais resté chez lui, il
y avait eu de grandes causeries, des histoires du temps
passé.

Il y avait toujours cercle autour du bonhomme, dont
la mémoire était richement pourvue et qui contait
bien.

Je savais son aventure, mais je voulais me la faire
redire par lui.

A un moment donc où l'auditoire était nombreux et
composé en partie d'hôtes étrangers à sa tribu, je lui
dis : « O El-Arbi ! comment se fait-il qu'un si vaillant
homme que toi, si maître de son fusil, n'ait jamais
chassé le lion ni cherché à se venger d'un animal qui
lui enlève tous les jours des bœufs et des moutons ? »

Le brave homme me regarda d'un air étonné et me dit : « O sidi Amarguerit, tu plaisantes, sans doute ! Tu sais bien qu'il y a un pacte entre moi et les lions, que je ne puis ni ne dois les combattre, de quelque façon que ce soit !...

» — Non ! fis-je, je ne savais pas cela, et tu me feras grand plaisir de me le dire. Tes hôtes aussi en seront bien contents. » — Il n'y eut qu'une voix pour l'affirmative.

El-Arbi, évidemment ravi d'avoir une pareille occasion de placer son histoire favorite, se recueillit quelques instants, puis entama le récit que l'on va lire.

« Il y a bien des années de cela, mes enfants, c'était du temps du bey Mohammed-el-Kebir. J'étais jeune alors, c'est à peine si le poil était levé sur ma figure. — Quoique l'on ne doive pas parler de soi et se vanter, je dois néanmoins vous dire que j'étais alors cité pour un bon cavalier. — J'avais échangé des balles avec nos voisins les Khobbazas et les Bethyas, ils savaient déjà que les miennes ne s'égaraient pas ; eux, de leur côté, m'avaient troué la peau, — voyez cette blessure à la jambe gauche et cette autre au cou. — J'avais reçu la première à la journée des Silos-des-Amandiers, et la seconde dans notre *tombée* (¹) sur les troupeaux des Beni-Mahrez au Col-du-Dimanche (²); enfin je savais ce que c'était que le danger, mais je n'en avais nul souci : mes meilleurs jours étaient ceux où je faisais parler la poudre.

(¹) *Teiha*, tombée. C'est ainsi que les Arabes appellent ces agressions subites qu'ils font pour enlever les troupeaux de l'ennemi. La *teiha* est moins importante que la *r'azia*.

(²) *Col-du-Dimanche*, traduction de Téniet-el-Hâd.

» Une année, nous avions établi notre campement d'hiver à la Colline-des-Glands, sous Kef-el-Siga.

» C'était bien près de la forêt et des repaires du houche ([1]); mais nous étions alors en guerre ouverte avec les Beni-Chaïb et les gens du Ouarsenis, il n'aurait pas été prudent de rester en plaine en butte à leurs attaques; mieux valait être exposés à perdre quelque bétail par le fait des bêtes, que d'être complètement raziés par nos ennemis.

» Ce que nous avions prévu toutefois arriva.

» Nous n'étions pas dans notre *mécheta* depuis deux semaines, que déjà nous avions eu trois bœufs de cassés et cinq ou six brebis enlevées par le lion, du milieu de notre douar, malgré les grands abatis d'arbres dont nous étions entourés.

» Mon père et mes oncles, que Dieu leur fasse miséricorde! étaient très peinés de ces pertes; de plus, le sommeil avait quitté nos yeux; nous passions toutes nos nuits debout pour crier et éloigner l'ennemi, mais sans profit.

» Un matin, après avoir veillé, crié, lancé des tisons enflammés, et, malgré cela, avoir vu notre enceinte franchie, une nouvelle brebis enlevée, je sentis le sang bouillir en moi, et je me dis dans mon âme que nous ne pouvions vivre ainsi.

» J'excitai mon père, mes oncles et mes cousins.

([1]) *Houche*, nom donné au lion par les Arabes de cette contrée; il vient de *haïcha*, bête. Ils le désignent encore sous le nom de *metelouf*, égaré. J'ai remarqué que les Arabes qui avaient à redouter l'agression du lion ne l'appelaient jamais de son vrai nom, *Sbâ*.

Ils ont la croyance que celui-ci comprend son nom de Sbâ et répond par sa présence, toujours fâcheuse, à ceux qui l'évoquent de cette manière.

Notre proverbe populaire : « Quand on parle du loup, on en voit la queue », a quelque analogie avec cette croyance.

« C'est une honte, m'écriai-je, de supporter toutes ces
» avanies! C'est de la couardise qui nous jaunit le vi-
» sage et nous rend la risée des gens!... Il faut aller
» nous disputer avec le lion! Il en sera ce qu'il en sera;
» mais nous pouvons espérer qu'avec l'intervention de
» Sidi-Boutouchent, nous parviendrons à le tuer ou à
» l'éloigner de nous. »

» J'eus de la peine d'abord à décider mon père et mes
oncles; — ils n'avaient jamais voulu s'attaquer aux
lions, dans la crainte de s'attirer leur inimitié. — Mais
que pouvait-elle de plus? Je ne l'imaginais pas encore,
et je pensais qu'il n'existait aucune raison pour les
épargner à l'avenir.

» Je fus appuyé dans mon idée par les femmes. —
« Notre existence est devenue amère, dirent-elles; nos
» petits-enfants maigrissent de peur. Ou chassez le
» lion, ou quittons ce campement de malheur. »

» Quand les femmes eurent parlé, les idées furent re-
tournées; tout le monde fut alors d'avis de charger le
lion.

» L'aïat (¹) se fit entendre comme pour exciter au combat. Les hommes se ceignirent et prirent leurs armes.
Il nous en vint des douars voisins, qui étaient de nos
parents et amis, et qui, apprenant notre résolution,
voulurent se joindre à nous.

» Quand nous fûmes réunis, nous comptions vingt-
six hommes, tous avec des fusils. Les femmes les plus
alertes voulurent nous suivre pour assister au combat
et nous encourager au besoin.

» Nous nous mîmes donc en marche, en invoquant le
marabout Sidi-Boutouchent; — pour mon compte, je

(¹) Voir un des chapitres ci-après.

lui vouai une ouàda (¹) de mon plus beau bélier et de six djefnas de kouskous, si nous réussissions.

» Le lion qui avait mangé nos bestiaux dormait dans le fourré des Fernanes (²), — leur repaire de prédilection quand ils viennent dans le Kef-el-Siga.

» C'est là qu'il fallait aller le trouver.

» Notre plan était de nous mettre sur deux rangs, d'approcher à vingt pas du fourré, après avoir préalablement laissé les femmes sur un rocher en arrière, et de défier le lion pour le faire sortir; une fois en vue, de faire sur lui une décharge générale qui ne pouvait manquer de le tuer raide.

» Tout cela bien convenu, nous approchâmes du dortoir du lion, excités par les tzagr'itz (³) de nos femmes.

» Au premier rang étaient les hommes les plus validés et les meilleurs tireurs. On s'arrêta comme il a été dit; les fusils furent armés et la crosse mise à l'épaule.

» J'appelai alors le lion et lui dis : « O mangeur de » bœufs, sors de ton repaire! Viens voir en face des » hommes! C'est aujourd'hui le jour du payement! » Il ne répondit pas.

» Vous savez, mes seigneurs, qu'il en est quelquefois ainsi, et qu'il faut répéter l'invitation pour faire sortir le lion. Je la répétai donc en ajoutant : « Ne fais pas le

---

(¹) *Ouàda*, vœu. — Les Arabes en font souvent à leurs marabouts de prédilection, quand ils entreprennent des aventures difficiles ou quand ils veulent la réalisation de choses qu'ils ont grandement à cœur.

Le mouton immolé pour la ouàda et les plats de kouskous qui l'accompagnent sont mangés par les indigents, qui sont prévenus à l'avance du jour et du lieu où elle sera servie. — La djefna peut rassasier dix hommes.

(²) *Fernanes*, chênes-lièges.

(³) *Tzagr'itz*, — sorte de cri aigu et modulé, prolongé jusqu'à ce que la voix vienne à manquer. — Ces cris excitatifs sont poussés par les femmes arabes dans les fêtes et dans les combats, ou bien encore devant un grand personnage, pour lui faire honneur.

» chien! Si tu es un homme, sors, te dis-je! Viens à

Le lion rugit encore une fois.

» nous!... » Et, pour donner plus d'effet à mes paroles,
je lançai, ainsi que quelques-uns de mes compagnons,

9

des pierres dans l'endroit où nous pensions qu'il était.

» Oh! alors, mes enfants (et en disant cette phrase, El-Arbi oscillait sa tête de droite à gauche), si vous aviez vu cela!... Le tonnerre se mit à parler par la bouche de ce lion, et comme un éclair il tomba devant nous.

» Nos fusils partirent, mais il n'eut pas l'air de s'en apercevoir. Il s'élança sur le groupe du milieu, qu'il prit dans ses pattes, et mit trois des nôtres sous lui, mon cousin Ben-Meftah avec la tête fracassée, le fils de Ben-Smaïl avec la poitrine ouverte, et mon oncle Rabah, qui, par la protection du Prophète, n'avait pas de blessures graves, mais qui, se voyant sous le lion, nous criait : « O mes frères, délivrez-moi! Par la figure » de Dieu le Très-Haut, sauvez-moi de ce péril! »

» Presque tout le monde avait fui en voyant ce que le lion avait fait des hommes; mais les femmes nous firent honte, surtout celles qui avaient un parent parmi les trois qu'il avait couchés sous lui. Ma cousine Aïcha, qui devait être ma femme, pleurait et s'arrachait les cheveux en voyant son père Rabah dans cette position. Elle me criait : « El-Arbi, délivre-le! délivre-le, ou jamais » je ne te regarderai! — Je suis à toi! » m'écriai-je; et je m'avançai sur le lion pour le brûler avec mon fusil, ne voulant pas le tirer de trop loin, dans la crainte de blesser les hommes qu'il tenait. Il me laissa approcher de trois pas; mais au moment où je l'ajustais à la tête, il se redressa, et, d'un coup de patte, m'arracha mon fusil, dont il fit une faucille (¹). Me trouvant ainsi désarmé, je me reculai d'un saut en arrière et me mis à fuir; mais l'affreux bouche était sur mes pas... Je sentis

_____

(¹) Qu'il tordit en forme de faucille.

qu'il allait m'atteindre, quand, avisant un cèdre énorme qui avait été abattu et gisait sur le sol, je me jetai dessous juste au moment où le lion, pensant me joindre, avait levé ses deux pattes pour me saisir. M'étant brusquement dérobé sous l'arbre, il s'abattit sur celui-ci, en le mordant et le déchirant de ses griffes, comme si c'eût été moi.

» Vous voyez ma position, mes enfants!... elle n'avait rien de bon. Mes parents, mes amis et les femmes s'égratignaient les joues en signe de deuil. On me croyait écharpé; j'entendais les lamentations que l'on faisait sur mon sort.

» Pendant ce temps, le lion était en travers de l'arbre et moi dessous. Ses deux pattes de devant pendaient d'un côté, celles de derrière touchaient terre de l'autre. Il sortait de sa gueule des grondements effroyables, de l'écume et une odeur infecte. Il était haletant, j'entendais souffler sa poitrine comme si elle eût contenu la tempête.

» Comment cela finira-t-il? Voilà, mes seigneurs, ce que je pensais. Il n'y avait pas à compter sur le secours des hommes, ils avaient été terrifiés par ce qu'ils avaient vu faire au lion. J'invoquai le Prophète (sur lui soit le salut!) et le grand saint de Dieu Sidi-Abd-el-Kader-el-Djilani (¹). Ils eurent pitié de moi... Une inspiration me vint... J'avais entendu dire que le lion comprenait la parole de l'homme et se laissait quelquefois attendrir. Je m'adressai à lui de cette façon : « O sultan des

(¹) Sidi-Abd-el-Kader-el-Djilani est le plus grand saint de l'islam : les musulmans en danger l'invoquent, et leur conviction sur l'efficacité et la promptitude de son secours est tellement grande, qu'il est toujours invoqué dans les chutes. A peine le croyant a-t-il dit : « Ia Sidi-Abd-el-Kader! » que celui-ci est déjà à l'aide, et empêche le mal d'arriver, quand Dieu le permet.

» animaux ! tu es le plus fort, sois généreux contre ton
» ennemi vaincu. Si tu me laisses la vie, je prends Dieu
» à témoin que jamais plus je ne m'attaquerai à toi, ni
» à ceux de ta race. »

» Le lion, comme s'il m'eût compris et accepté le
pacte, rugit encore une fois, puis quitta sa position de
dessus l'arbre, et se retira lentement vers la forêt, en
jetant de temps à autre un regard de mon côté.

Le lion.

» J'étais bien joyeux, comme vous pensez, de voir le
lion s'éloigner, mais je n'osais sortir de dessous mon
arbre pendant qu'il était en vue.

» Ce n'est que lorsqu'il fut rentré dans le bois et que je
l'entendis dire par mes compagnons, que je me relevai
et me mis à courir vers eux, comme si j'avais eu des ailes.

» Je fus accueilli par tous avec des cris d'étonnement
et de joie.

» Mais je n'avais pas été seul aux prises avec le lion.
Je proposai d'aller relever les trois hommes qu'il avait
d'abord abattus. Quel spectacle, ô envoyé de Dieu!...
Ben-Meftah était mort,... sa tête était en fromage (1)!
— Ben-Smaïl vivait encore, mais il avait la poitrine
ouverte et devait mourir dans la journée; — enfin,
mon oncle n'avait que des contusions, mais il avait été
foulé par la poitrine du lion et se trouvait évanoui.

» Nous dûmes les rapporter tous les trois à nos tentes, où les lamentations du deuil durèrent huit jours.

» Voilà, mes enfants, ce qui est arrivé de moi avec le
lion.

» J'ai eu bien de la peine d'avoir été cause de la
mort de deux hommes : aussi, depuis ce jour, j'ai tenu
parole... et jamais, quoiqu'il m'ait mangé bien des
bœufs et des brebis, je n'ai songé à me battre de nouveau avec lui. C'était convenu, — on ne doit avoir
qu'une seule parole. »

« Je sais bien, ajouta El-Arbi en manière de péro-
raison, qu'il y a des hommes qui tuent le lion comme
si ce n'était qu'un chien, mais c'est par la permission
de Dieu que cela arrive... C'est alors un don qui leur
est fait, ils ne peuvent en tirer vanité, parce que si
Dieu ne s'en mêlait, jamais ils ne vaincraient le lion. »

Cette histoire, dont le souvenir était resté dans la
mémoire des gens du pays, nous avait fortement inté-
ressés.

Nous en fîmes compliment à El-Arbi-el-Hayâni, qui,
sentencieux comme tous les vieillards, termina le récit
et la réunion par cette maxime :

(1) Je traduis exactement l'expression dont se servit El-Arbi. Quoique
un peu triviale en pareil cas, elle peint d'un mot ce que peut faire le lion
d'un coup de patte.

« Il n'y a, mes enfants, de force et de puissance qu'avec l'aide de Dieu : tout passe en ce monde, lui seul est éternel !

» Allez avec le salut ! »

LA

CHASSE AU FAUCON

La chasse au faucon, en Algérie, est restée l'apanage des grandes familles du pays.

C'est un des principaux reliefs de la véritable aristocratie arabe.

Quelques parvenus ont essayé de se le donner ; mais quand on les voit à l'œuvre avec le faucon, on s'aperçoit bien vite que ce noble oiseau ne leur est pas familier, et qu'il est déplacé entre leurs mains.

C'est qu'en effet on ne s'improvise pas maître en fauconnerie ; c'est une science qu'il faut avoir longtemps étudiée ou posséder de tradition.

Les grandes familles de la province d'Alger qui se servent du faucon, et que les indigènes appellent Hell-el-thiour, *gens d'oiseaux,* sont les suivantes :

Les Oulad-Mokhtar :
Leurs meilleurs fauconniers sont : Mahiddine, Bou-Dissa, Lakhdar.
Les Oulad-Chaïd :
Leurs meilleurs fauconniers sont les fils de Djedid.

Les Oulad-Nayls :

Leurs meilleurs fauconniers sont : Kouider-ben-Legbèche, Telli-ben-Lekhal.

Les Bou-Aïche :

Leurs meilleurs fauconniers sont : Slimen, Abd-el-Selam, Rahmoun.

Les Oulad-Aïssa :

Leurs meilleurs fauconniers sont : Si-Djelloul, Si-ben-Salem.

Les membres de ces familles *djouades* ([1]) chassent de père en fils; ils ont, pour les aider dans le service des faucons, des façons d'écuyers-fauconniers, plus particulièrement chargés de prendre les oiseaux de race, de faire leur éducation, de les nourrir, de les porter et d'aider à leur rappel quand on vole le lièvre ou l'outarde.

Il y a parmi ces gens, que l'on appelle *biâzes*, oiseleurs, des types d'une grande originalité; le fond de leur caractère est un amour-propre démesuré à l'endroit de leur science en fauconnerie.

Il y a deux sortes de faucons :

Les étrangers,

Les indigènes.

Les premiers sont préférés, ils sont très courageux et chassent aussi facilement la plume que le poil. Les fauconniers du moyen âge les appelaient *sors;* ils viennent le plus souvent de la Suède, de la Norvège et de la Finlande.

Ce sont des faucons de haut vol, genre gerfaut, avec lesquels on attaquait, au moyen âge, le héron, la grue, l'oie sauvage, etc.

([1]) *Djouades*, noblesse militaire.

Le faucon indigène de l'Algérie est celui désigné en histoire naturelle sous le nom de *lanier*. Il est aussi très brave, et de haut vol ; l'éducation développe ses qualités naturelles.

Pour prendre les faucons, les biâzes se servent de perdrix, de pigeons et de gangas.

Le fauconnier arabe.

Ils enveloppent ces volatiles d'un réseau de lacs et les mettent *en vue* en plein champ, ou les placent près des endroits où se remisent les oiseaux qu'ils veulent prendre.

Le faucon, en se précipitant sur ce qu'il croit être une proie, se prend les serres dans les lacs disposés à cet effet ; il en détermine l'action en cherchant à emporter l'appât qui est attaché à une ficelle fixée à une pierre assez lourde pour ne pas être enlevée.

Le biâze, qui est resté à l'affût, s'approche alors avec précaution, s'empare du faucon, qu'il coiffe tout d'abord d'un chaperon pour lui ôter toute défense.

Il lui met ensuite de petites manchettes en cuir, auxquelles il attache des lanières de six à huit pieds de longueur, rattachées par leur autre extrémité au gant en cuir à la crispin que porte tout fauconnier lorsqu'il a son oiseau sur le poing.

Le dressage de l'oiseau de race se fait à peu près de la même manière qu'il est indiqué dans les anciens « Déduicts de fauconnerie » du roi Modus ou de Gaston Phœbus.

Trente ou quarante jours suffisent ordinairement pour amener le faucon à fondre, au milieu des gens et des chevaux, sur les lièvres et les outardes, à les prendre à pleine serre, à les tuer à coups de bec, à obéir au cri de rappel; et enfin à venir se poser sur le leurre quand la proie a été manquée.

Chaque fauconnier élève plusieurs faucons, parmi lesquels il fait un choix des meilleurs.

Pendant la période d'éducation des oiseaux, des renseignements sont pris par les fauconniers sur le nombre et le degré de perfection des faucons de tel ou tel djouad. Une grande émulation, des rivalités, s'emparent de leur esprit. Souvent ces rivalités s'établissent entre les membres d'une même famille, il en résulte des défis et des paris sur le plus de force ou de sagacité qui sera déployé par tel ou tel oiseau.

On donne aux faucons des noms qui sont presque toujours ceux de leurs maîtres, ou de personnages connus par leur bravoure et leurs prouesses.

La saison de chasse une fois terminée, la liberté leur est rendue.

On leur met préalablement, quand ils ont du mérite, une marque à laquelle on puisse les reconnaître plus tard ; soit un anneau d'or ou d'argent autour d'une serre, avec un chiffre, ou des pointes de feu à la naissance du bec.

Faucons encapuchonnés.

Les faucons indigènes ne s'écartent guère des parages où ils naissent ; on les retrouve et on les reprend quelquefois plusieurs années de suite dans les mêmes endroits.

Quand un fauconnier capture un oiseau de race marqué d'un signe autre que le sien, il est tenu de le rendre à son propriétaire, s'il le connaît.

Quelquefois néanmoins, et par exception, des fauconniers gardent d'une année à l'autre des oiseaux tout à fait hors ligne, auxquels ils se sont attachés.

La chasse se fait de la fin de novembre à la fin de février.

Pendant ces trois mois d'hiver, l'oiseau de race a toute sa vigueur, ses plumes ont acquis tout leur développement; son appétit, qui est considérable, le stimule encore.

Mais, vers le mois de mars, arrive la saison des amours, qui lui fait abandonner la chasse et son maître, si, à ce moment, on ne lui rend sa liberté.

Quand les oiseaux de race sont dressés, et que le moment de s'en servir est venu, les djouades s'avancent, avec leurs familles, leurs clients, leurs serviteurs et leurs troupeaux, vers le Sahra.

C'est alors une grande joie pour tous, car cette région possède un attrait puissant qui agit sur toutes les organisations et sur tous les âges.

Vieillards, adultes, femmes, enfants, considèrent comme un jour de fête celui où ils quittent les pentes pluvieuses du Tell pour s'enfoncer dans le pays du soleil.

Les animaux eux-mêmes sont accessibles aux charmes de cette transhumance hivernale, qui leur promet un climat plus doux et des pâturages plus précoces.

Quand donc les campements sont établis en plein Sahra, que différentes régions ont été explorées, on commence la chasse, qui s'exerce uniquement sur les lièvres et les outardes.

On ne peut bien chasser au faucon que dans un pays découvert où le gibier, une fois lancé, peut presque toujours se voir, et où le faucon, en fondant sur sa proie, ne court aucun risque de se blesser.

Les immenses plaines du Sud, couvertes d'une végétation d'alfa et d'armoise qui ne forme pas d'obstacles, sont essentiellement propices pour le vol.

C'est vers deux heures de l'après-midi que se fait ordinairement le départ de la chasse, parce que la faim, qui est le principal stimulant des oiseaux de race, ne se prononce que vers ce moment, quand ils ont été repus la veille.

Les réunions pour le vol au faucon se composent presque toujours :

Des djouades ayant leur faucon favori sur le poing;

Des biâzes avec trois ou quatre faucons qu'il portent, un sur le poing gauche, un sur la tête et un sur chaque épaule;

Des parents, étrangers ou invités;

Enfin, d'un plus ou moins grand nombre de cavaliers et de serviteurs pour traquer et porter le gibier.

Le départ est plein d'entrain. L'Arabe, toujours grave dans tous les actes de sa vie, laisse voir dans ce moment-là une partie de la passion qui l'entraîne.

Il est gai, il rit volontiers, ses gestes sont animés. Il fait caracoler son cheval devant les tentes du douar, où il sait que des yeux le regardent avec des sentiments qui ne sont pas ceux de l'indifférence; il parle à son faucon, lui demande s'il se comportera dignement, *s'il y a de lui, aujourd'hui.*

Enfin tous se mettent en marche en invoquant le nom de Dieu.

Quand on est arrivé sur le terrain où l'on compte trouver le gibier, on se forme sur une ligne un peu concave, les fauconniers au centre. Tous les assistants sont répartis aux ailes et distancés entre eux de quelques pas.

Au signal du chef qui dirige la chasse, la traque commence.

On marche au pas, on fait du bruit en frappant de l'éperon contre l'étrier et en criant de temps à autre à pleins poumons : *haou! haou!*

Les traqueurs agitent les pans de leurs burnous comme s'ils chassaient vivement des mouches. Ces gestes effrayent et font lever les lièvres.

On dirige les chevaux sur les touffes les plus épaisses d'alfa ou de chihh; on fouille celles-ci avec de grands bâtons à l'extrémité desquels est une petite fourche, pour prendre les lièvres au gîte ou les relancer quand ils s'arrêtent effrayés au milieu des traqueurs.

Enfin, chacun fait ce qu'il peut pour faire lever ces pauvres lièvres, qu'une sorte d'instinct semble prévenir des dangers qu'ils vont courir, et qui ne débusquent qu'à leur corps défendant.

Les faucons sont débarrassés des lanières qui retiennent leurs manchettes en cuir.

Ils sont portés sur le poing à la hauteur de l'épaule.

On leur laisse la tête couverte du chaperon; il n'est fait d'exception à cette règle que pour les vieux faucons, bien dressés, qui chassent *de l'œil* sur le poing de leur maître.

Il y a avantage, dans ce cas, à déchaperonner l'oiseau, parce que sa vue est tellement perçante qu'il découvre, bien avant l'homme, le gibier levé. Il fait alors des tentatives pour prendre son vol et attire l'attention du chasseur vers le point où il regarde.

Voilà à peu près tous les préliminaires du vol au faucon; je les ai amenés au point où l'action va commencer.

Comme j'ai beaucoup pratiqué cette chasse, je vais

prendre, dans mes souvenirs, une de celles qui ont été heureuses, et en faire le récit. Elle donnera une idée de cet exercice si particulièrement gai et plein de mouvement.

Pendant que je commandais le cercle de Laghouat, je chassais au faucon tous les hivers.

Faucon.

Ce pays, dont j'ai parlé dans la chasse à l'autruche, est par excellence celui qui convient aussi pour le vol au faucon, parce qu'il s'y trouve beaucoup de lièvres et d'outardes.

On a le choix entre des plaines très dénudées et d'autres plus couvertes, où les difficultés sont plus grandes.

Ces dernières sont quelquefois préférées parce que
le gibier s'y défend mieux et qu'il faut être cavalier
consommé pour suivre les oiseaux et le lièvre dans un
pêle-mêle de cavaliers entraînés par des mouvements
rapides, des crochets brusques, avec des obstacles à
franchir ou à éviter.

En 1857, j'avais pour agha des Oulad-D'hia,
dine-ben-Dhilis, neveu du fameux Ben-Aouda des Oulad-Mokhtar, que j'ai déjà cité comme un des meilleurs fauconniers de l'Algérie.

Connaissant sa passion pour le vol au faucon, je
l'avais mis en rivalité avec un caïd des Oulad-Nayls, —
Kouider-ben-Legbèche, qui prétend n'avoir pas de second dans l'art de la fauconnerie.

Il avait été convenu, six mois à l'avance, que nous
ferions l'hiver suivant de grandes chasses avec les oiseaux de race.

Il m'avait en outre été proposé d'être juge pour décider qui aurait les meilleurs faucons, de Mahiddine
ou de Kouider, et saurait le mieux s'en servir.

Comme cette proposition était grandement dans mes
goûts, j'acceptai l'arbitrage.

Pour être plus sûr de l'exercer, j'avais eu soin de
stimuler les deux biâzes rivaux au moment de la prise
des faucons.

L'amour-propre, ce levier si puissant sur le caractère arabe, avait été mis en jeu. — Je faisais savoir
par intervalles, à l'un, que l'autre avait capturé plus
de faucons, faisait de plus grands progrès dans leur
dressage, etc.

Il n'était pas besoin d'employer à outrance ce stimulant, car mes fauconniers, d'eux-mêmes, faisaient
merveille.

Mahiddine, campé près des Sebâa-Rouss, la montagne aux Sept-Têtes, qui borne au nord le pays des

Chasse de la guzelle au faucon.

Oulad-Nayls, et à laquelle ce nom a été donné à cause
de sa configuration, — avait pris, avec l'aide de son

10

fameux biâze, Mokhtar-el-Meguenni, huit faucons de la plus belle espèce du pays ; deux, parmi ceux-ci, avaient déjà chassé avec Mahiddine l'année précédente, et portaient sa marque.

Kouider-ben-Legbêche, de son côté, avait pris six faucons dans le pays des daïas, entre Laghouat et le Mzab ; — deux étaient des faucons sors, c'est-à-dire pèlerins ou voyageurs.

Inutile de dire que, dans l'éducation de ces oiseaux, rien n'avait été négligé par nos djouades ; ils y avaient mis toute leur science.

Je fus prévenu à peu près en même temps par tous deux que les oiseaux étaient dressés et ne demandaient qu'à chasser.

J'indiquai aussitôt un point de réunion, en avant de Laghouat, et, au jour fixé, nous nous rencontrâmes sur le terrain de chasse.

Ce terrain, légèrement ondulé de dunes de sable, couvert de drine (¹) par endroits et dans d'autres très plat, avec une végétation d'armoise, était peuplé de lièvres et d'outardes.

Notre réunion était nombreuse.

Le défi que s'étaient porté Mahiddine et Kouider était connu, on savait que je devais être juge du mérite de chacun. — Bon nombre de chefs et de cavaliers d'élite des Oulad-Nayls et des Larbas avaient demandé à assister à la grande épreuve.

Les biâzes, de leur côté, avaient une suite respec-

(¹) Sorte de grand chiendent dont les chameaux et les chevaux font leur nourriture.

table d'aides, d'amis et de serviteurs, fort désireux de jouir du triomphe de leurs patrons.

Nous étions plus de soixante cavaliers bien montés et pleins d'ardeur pour la chasse. — Nous avions nos bagages et des provisions pour quinze jours.

Le soir de notre réunion il y eut un grand conseil pour adopter le plan de nos opérations ultérieures.

Il fut convenu d'abord que l'on ferait séjour le lendemain, que tous les cavaliers et serviteurs de la suite se mettraient, dans la matinée, à la recherche de quelques lièvres, qu'ils tâcheraient de prendre vivants au gîte, afin d'achever l'éducation de trois ou quatre oiseaux qui n'avaient pas encore été lâchés *sur le vif*.

Je remarquai que cette décision, prise sur la demande simultanée des deux chefs, était une manière de se tâter réciproquement sur la force de leurs faucons et la manière dont ils avaient été dressés. Ils voulaient de cette première épreuve augurer des chances réciproques de leurs succès à venir.

Dans cette occasion, j'eus toutes les peines du monde à empêcher leurs fauconniers de se prendre à la gorge. — Ce sont deux types qui méritent une mention particulière.

L'un se nomme, comme je l'ai dit, El-Mokhtar-ben-el-Meguenni. C'est un homme dont la réputation est fort connue dans le Sud, non-seulement comme biâze, mais comme voleur audacieux.

On sait que cette *qualité* chez les Arabes, quand elle s'exerce dans certaines conditions de difficultés et de périls, contre l'ennemi ou gens hostiles, n'est pas une cause de réprobation; bien au contraire, c'est un éloge que l'on fait d'un individu quand on dit de lui : « Un tel ! — c'est un homme; il vole au milieu des camps, des armées, — il vole les chevaux, les chameaux, etc. »

Effectivement, il faut une singulière audace pour accomplir des rapts au milieu de gens armés, sur leurs gardes, et risquer vingt fois sa vie pour enlever un cheval ou des chameaux.

Le coup de maître d'El-Mokhtar est d'avoir, dans une nuit, volé (¹) aux réguliers de l'émir Abd-el-Kader, lorsque ce dernier vint, en 1845, r'azier les Oulad-Chaïb, — ONZE CHEVAUX, — et tué trois cavaliers rouges qui s'étaient mis à sa poursuite.

El-Mokhtar a quarante ans, sa taille est moyenne mais bien charpentée, les os et les muscles y dominent. Il est très brun, avec des yeux expressifs. Ses traits seraient réguliers si une chute ne lui avait déprimé le nez.

Il monte à cheval de façon à réaliser la fiction du centaure. Quand il est lancé en chasse à toute vitesse, avec ses faucons aux ailes éployées sur le poing et sur la tête, il passe comme une évocation bizarre dont le tableau de Fromentin rend à peu près l'effet.

Une fois ses faucons lancés sur le lièvre ou l'outarde, El-Mokhtar devient ivre d'action, il encourage ou blâme ses oiseaux en termes énergiques, il oublie toute retenue, et, sans considération pour les personnages avec lesquels il se trouve, il débite un vocabulaire de mots impossibles.

Pour achever d'esquisser l'écuyer de Mahiddine, je vais rapporter un fait qui caractérise sa fanatique passion pour les oiseaux de race.

Un jour, étant à la recherche de faucons à prendre,

(¹) Je conserve ici le mot arabe avec l'acception qu'il doit avoir selon eux, car c'est enlevé qu'il faudrait dire en qualifiant l'acte de ce moderne Spartiate.

il aperçut un magnifique *drem* (¹), qui avait son aire dans une anfractuosité d'un rocher taillé à pic, à huit ou dix mètres du sol.

Il fallait, pour prendre ce faucon, tendre les lacs près de l'endroit où il passait la nuit. — Cela était extrêmement difficile, mais à force de volonté El-Mokhtar y parvint.

Son opération toutefois n'avait été achevée que très tard, et ce ne fut que le lendemain matin que l'oiseau se prit, en se jetant à son réveil sur le pigeon appât.

Notre biâze, qui avait passé la nuit près de cet endroit et guettait l'événement, ne vit pas plus tôt l'oiseau se débattre, qu'il s'élança pour le prendre ; mais il le fit avec tant de précipitation qu'il perdit tout point d'appui en le saisissant et tomba de la hauteur de l'aire du faucon.

La chute fut malencontreuse, il se cassa la clavicule et le bras gauche en deux endroits.

Toutefois il ne perdit point la tête pour si peu, — il conserva son oiseau intact. C'est ce qu'il voulait, même au détriment de ses membres.

Mais il fallait se tirer de là et retourner aux tentes.

El-Mokhtar se mit en marche, son bras gauche ballant, tenant de la main droite son cher faucon.

Il n'arriva chez lui qu'après avoir souffert une véritable torture, — moitié mort de douleur et de fatigue.

On lui fit un premier pansement, on le coucha sur une natte, et on envoya chercher le rebouteur de la tribu pour lui remettre ses fractures

Pendant tout ce temps, il ne voulait pas abandonner son oiseau ; il prescrivit à sa femme de lui coudre les

---

(¹) Femelle du lanier grande espèce.

manchettes, de lui mettre un chaperon et de lui attacher les lanières. — Cela fait, il lui dit : « O femme,
mets mon oiseau sur mon épaule malade, — c'est le
véritable baume pour ma blessure!... — Vois comme
il est fort et de belle prestance! — Je n'en ai jamais
dressé de pareil. »

Il fallut faire sa volonté, et pendant tout le temps
de son traitement El-Mokhtar donna son épaule pour
perchoir au faucon, qui effectivement devint un véritable phénix dont il se servit pendant plusieurs années.

Aujourd'hui encore, il ne parle de son *árem* qu'avec
attendrissement.

L'écuyer de Kouider-ben-Legbèche était loin d'avoir
la vigueur physique de celui de Mahiddine. Abd-el-Kader-
ben-Sahraoui, âgé au moins de soixante-dix ans, parlait
le moins possible et presque toujours par monosyl-
labes. — C'était par gestes et par accident qu'il com-
muniquait avec la gent humaine.

Ses faucons l'absorbaient entièrement.

A force de vivre en leur compagnie, il s'était identifié
à eux, et comprenait, je crois, leur langage.

Sa physionomie était devenue celle d'un oiseau de
proie : — nez proéminent et recourbé comme un bec
d'aigle, yeux gros et saillants, d'un regard fixe et lointain. Les membres du vieillard s'étaient raidis dans la
forme de perchoirs ambulants, asile ordinaire de ses
oiseaux ; ce qu'attestait encore la couleur de son burnous, *illustré* par de nombreuses maculations (¹).

Abd-el-Kader, ancien serviteur des Legbèche, voyait
dans son patron, Kouider, le représentant de la troi-

_____

(¹) Les fauconniers arabes se font honneur de ces traces visibles du port
de leurs oiseaux de race.

sième génération de nobles oiseleurs dressés par lui au grand art de fauconnerie.

Pendant la discussion il s'abstint, selon son habitude, de parler; — mais à la façon dont il regardait les faucons ses élèves, et à un petit rire silencieux comme celui du vieux trappeur de Cooper, — qui venait parfois desserrer ses lèvres et montrer que sa bouche était veuve de ses dents, — on voyait qu'il avait foi dans sa vieille expérience.

Ce fut El-Mokhtar qui, avec son humeur tant soit peu vantarde, commença l'escarmouche; il se voyait encouragé par nous, et se croyait sûr d'éclipser son rival.

Il commença d'un ton goguenard le dialogue suivant :

El-Mokhtar. — O vieillard! on dit que tu es savant sur les oiseaux de race. Je ne suis qu'un enfant près de toi pour cette science, — je vais te faire des questions pour apprendre

Abd-el-Kader. — Parle.

El-Mokhtar. — Combien y a-t-il de sortes d'oiseaux de race?

Abd-el-Kader. — Question d'enfant!

El-Mokhtar. — Dis toujours, je veux savoir.

Abd-el-Kader. — Cinq. El-Terchoun, El-Meguernèss, El-Arêm, El-Kreloui, El-Bahri.

El-Mokhtar. — Vieillard, tu oublies les Terakell?

Abd-el-Kader. — O ignorant! le Terakell ou l'Arêm, ce n'est qu'un.

El-Mokhtar. — Tu dis vrai. Quels sont les meilleurs?

Abd-el-Kader. — Le Meguernèss pour le lièvre, l'Arêm pour l'outarde, et le Bahri pour les oiseaux de marais.

EL-MOKHTAR. — Quels sont les meilleurs faucons? — ceux qui fondent de haut vol sur la proie, — ou la suivent et la happent au passage?

ABD-EL-KADER. — Question d'âne! — On ne parle que des oiseaux qui tombent du ciel sur la *chasse*, et non de ceux qui la suivent comme des chiens.

EL-MOKHTAR. — Avec quelle chair nourris-tu les oiseaux?

ABD-EL-KADER. — Avec du lièvre autant que possible, la chair donnée froide au début du dressage, et chaude à la fin.

EL-MOKHTAR. — Combien, ô vieillard! te faut-il de temps pour dresser tes faucons?

Abd-el-Kader, qui commence à être fatigué de tant causer, du ton et du peu de portée des questions, répond d'un air de dédain : « Ma femme suffirait pour répondre à de pareilles niaiseries. — Il faut quarante jours pour dresser les oiseaux, quarante-cinq au plus. Voilà tout ce que tu sauras de moi. »

El-Mokhtar, froissé de la manière dont le traite le vieillard, et croyant l'avoir pris en défaut parce qu'il a une autre méthode à lui, se met à rire aux éclats en s'écriant : « Ha! ha! ha! le vieux s'égare! — Quarante-cinq jours pour dresser des oiseaux de race! quelle plaisante histoire! C'était du temps de notre père Adam que l'on faisait ainsi. Vous venez de l'entendre, mes seigneurs, le vieux radote, ou bien, malgré son âge, il n'est qu'un apprenti, car il est bien prouvé qu'il ne me faut, à moi, que huit jours pour dresser n'importe quel oiseau de race. — Perdu le vieux! il ne sait pas!... Aussi, je vous le demande par la figure du Prophète, quelle prétention a ce vieux pâtre de vouloir tenir tête à nous, gens d'oiseaux de père en grand-père? Cela, en vérité, ne se peut supporter et fait venir le rire. Hi hi hi ! » Et El-Mokhtar de se tenir les côtes.

Abd-el-Kader, se levant furieux et bégayant de colère : « Vous ! Tellias (¹) ! vous n'êtes que des enfants pour les oiseaux, nos femmes en savent plus que vous ! — Mes faucons reviennent toujours sur le leurre ; les nôtres s'échappent comme des chiens qui ont volé un

L'hallali.

os ; je n'en fais pas plus de cas que cela ! » Et le bonhomme fit le simulacre de toucher une de ses dents absentes avec l'ongle du pouce de la main droite.

El-Mokhtar. — Ah ! mes faucons sont des chiens ! vieux tison de feu !... Tu insultes mes enfants ! — Vois !

(¹) *Tellias*, gens du Tell, terme de mépris que donnent les Arabes nomades du Sahra à ceux de la région des céréales bien moins mobiles qu'eux, et, selon leurs appréciations, moins heureux.

si ce n'était à cause de ta barbe blanche et la présence de ces seigneurs, je rendrais vide la tente de ton père!...

Arrivés à ce point d'exaspération, nos deux biàzes se seraient fait un mauvais parti, si nous n'étions intervenus.

« Assez! leur dis-je. Ce n'est pas sur des paroles qu'on peut juger de votre savoir et du mérite de vos méthodes, mais à l'œuvre. — A demain donc, et faites la paix avant de vous séparer. »

Je n'obtins qu'avec peine un semblant de réconciliation. Chaque parti, après cette scène, rejoignit ses tentes.

J'entendis El-Mokhtar monologuer en s'en allant : « Ah! vieux berger, je n'ai que des chiens! Tu verras demain, je couvrirai ta figure de confusion. »

De son côté, le vieux biàze murmurait : « Cet âne du Tell enfle son âme comme une outre; — certes, je le dégonflerai demain, par la bénédiction de cheikh Abd-el-Kader! »

J'ai raconté cette scène pour donner une idée de l'importance que les fauconniers mettent dans tout ce qui touche à leur art ou à leurs oiseaux.

Le lendemain, comme cela avait été convenu, nos gens se mirent en quête de lièvres.

Ils en rapportèrent trois, qu'ils prirent vivants au gîte, avec le bâton fourchu.

Vers quatre heures de l'après-midi, je convoquai Mahiddine et Kouider. Ils arrivèrent avec chacun deux faucons, qui avaient besoin de la dernière épreuve du tek'relia (¹).

(¹) De k'ralli, laisser, — laisser aller sur le vif, sur le gibier qui fuit.

Les oiseaux étaient portés par El-Mokhtar et le vieil Abd-el-Kader, qui se firent de gros yeux en s'abordant.

Nous choisîmes une petite plaine bien nette, près de notre bivouac, pour cette expérience, à laquelle tout notre monde voulut assister.

Les deux biâzes furent placés sur la même ligne, un faucon sur le poing et l'autre sur l'épaule.

Trois piétons, tenant chacun un lièvre vivant, se placèrent à quelques pas en avant, ayant devant eux tout le parcours de la petite plaine.

Les assistants furent rangés en demi-cercle en arrière.

Ces dispositions prises, je prévins les deux biâzes qu'ils lâcheraient alternativement leurs faucons, et seulement sur mon indication.

Cela convenu, je fis signe à un des piétons de lâcher son lièvre.

Lorsque celui-ci eut vingt pas d'avance, je dis à Abd-el-Kader de lancer un de ses faucons, ce qu'il fit aussitôt, après l'avoir déchaperonné.

Le vieux rusé, qui avait son idée, avait jugé à propos de ne donner le vol qu'au moins bon. Cet oiseau était maigre et maladif, il fit quelques passes de haut en bas sur le lièvre, mais sans le toucher. — Comme je vis que ce dernier gagnait du terrain, je criai à El-Mokhtar de laisser aller son faucon.

Il n'attendait que mon signal. — Son oiseau déchaperonné à l'avance avait la vue du lièvre; il partit comme une flèche, s'éleva de 60 pieds en l'air, et fondit sur le malheureux quadrupède, auquel il fendit l'oreille d'un coup d'ongle en passant sur sa tête.

C'était un assez joli début; le lièvre effaré revint sur nous. Toute l'assistance poussa un *eihh!* de satisfaction et d'encouragement.

Le faucon de El-Mokhtar s'éleva de nouveau dans l'air et descendit, comme la première fois, sur le lièvre qui venait chercher un refuge au milieu de nous, et qu'il manqua à cause de cela ; mais à la troisième passe, il l'accrocha par la tête et roula avec lui dans l'arène.

Ce n'était pas mal pour un coup d'essai. On applaudit fort.

El-Mokhtar, tout joyeux, vint l'arracher de dessus

sa victime, qu'il saigna. Il fit boire de son sang tout chaud à l'oiseau, et lui donna quelques becquées de chair palpitante, que celui-ci absorba avec une gloutonnerie de bon augure.

Cela fait, El-Mokhtar lui remit le chaperon, et revint comme un triomphateur

Lièvre.

prendre sa place près d'Abd-el-Kader, dont le faucon avait failli et disparu, aux bruyantes huées des partisans de Mahiddine.

Le vieux semblait leur donner gain de cause, parce qu'il n'avait fait aucun effort pour le rappeler.

La première émotion calmée, je fis lancer le second lièvre et signe un peu après à El-Mokhtar de lâcher son autre oiseau.

Celui-ci, moins bon, ou moins avancé en éducation que le premier, vola mollement sur le lièvre, qu'il effleura à peine dans plusieurs passes.

Il était temps de lui envoyer du renfort, car le lièvre

gagnait au large. — « Lâche ton faucon, Abd-el-Kader. »
— A cette injonction, le vieux biaze déchaperonna mé-
thodiquement son oiseau. Celui-ci resta trois ou quatre
secondes à examiner la situation, puis, voyant le lièvre,
il s'envola dans sa direction en le gagnant au vent.

Nous étions tous indécis sur ce qu'il allait faire, car
il ne paraissait pas prendre ardeur à la chasse.

Nous ne fûmes pas longtemps dans le doute. Ce
noble oiseau, ayant apparemment assez gagné à l'a-
vant, se retourna en l'air et fondit comme un trait sur
le crâne de la paume de sa serre droite.

Ce coup fut merveilleux.

Le lièvre resta foudroyé sur place, la tête brisée,
tandis que l'oiseau, après l'avoir touché, s'était de
nouveau élevé dans l'air, comme une balle élastique
qui aurait violemment frappé la terre.

Voyant le lièvre sans mouvement, il s'abattit sur lui
et se mit en devoir de lui manger les yeux, — comme
fait toujours un faucon bien appris.

A cette vue, il y eut enthousiasme général, — l'oiseau fut vanté par tous, sans exception.

Kouider rayonnait. — Plus ingambe que son vieil
écuyer, il courut reprendre le faucon. Pendant ce
temps, le bonhomme tâchait de conserver une apparence calme; mais son rire silencieux et ses yeux bril-
lants de satisfaction en disaient plus que des paroles.

Restait un lièvre, très vivace et très gros.

Je prévins El-Mokhtar et Abd-el-Kader qu'on allait
le lancer, que cette fois on ne lui ferait aucune lé-
sion (¹), que tous les faucons seraient déchaperonnés

(¹) On avait un peu tordu une patte aux deux premiers afin de leur ôter
de leur vitesse, ainsi que cela se fait quand on lâche pour la première fois
les oiseaux sur le vif.

et lâchés en même temps sur lui quand il aurait gagné quarante pas au large.

L'attention redoubla à cette dernière épreuve, qui était décisive.

Le lièvre fut donc lancé, et les oiseaux aussi lorsqu'il eut suffisamment d'avance.

Les deux faucons d'El-Mokhtar volèrent à sa pour-suite; mais, n'ayant pas assez d'expérience, ils sui-virent le lièvre en rasant terre et essayèrent de le prendre à la nuque avec leurs serres. Ce dernier se défendait en faisant des crochets très brusques qui les déroutait.

Ils n'eurent pas, du reste, à faire de nombreuses tentatives; le faucon d'Abd-el-Kader s'éleva au vent, comme il avait déjà fait la première fois, et, sûr de lui, il fondit de très haut sur le lièvre en venant à sa rencontre. Cette fois le choc fut tellement rude et peu mesuré, que les deux combattants roulèrent dans le sable : le lièvre tué raide d'un côté, et l'oiseau, de l'autre, évanoui par la force du coup.

Il n'y eut qu'un cri et qu'un mouvement spontané parmi tous les assistants. — Nous courûmes vers les deux adversaires, qui ne donnaient plus signe de vie.

Kouider-ben-Legbèche, qui nous devançait, s'arra-chait la barbe de désespoir : « O mon oiseau! disait-il, je porterai ton deuil. — Qu'est-ce que j'ai fait à Dieu, pour qu'il m'envoie cette épreuve ! »

Heureusement le faucon n'était qu'étourdi. Dès que son maître l'eut repris dans ses mains, il rouvrit les yeux et revint à lui; quelques minutes après, il n'y pa-raissait plus.

Kouider et son vieil écuyer en pleuraient presque de joie. Le premier me dit : « Je n'ai pas encore donné de nom à ce faucon. C'est un *bahri* ([1]), il vient, comme toi, de l'autre côté de la mer ; je vais l'appeler, en ton honneur, LE COMMANDANT, — et tu vois qu'il portera dignement son nom.

Je répondis que j'étais très flatté, que désormais je suivrais avec intérêt les prouesses de mon homonyme.

Ce dénouement avait, selon l'expression du vieux biâze, *jauni* ([2]) les figures d'El-Mokhtar et de ceux des siens.

Je relevai le moral de ceux-ci en leur rappelant que nous n'avions pas encore commencé la chasse sérieuse, que l'avenir leur réservait des compensations, que le lendemain surtout devait être un grand jour.

Ce lendemain désiré par tous arriva enfin. A deux heures de l'après-midi nous étions à cheval.

Je répartis notre monde en deux bandes de vingt-cinq cavaliers, afin que la traque pût s'effectuer dans des conditions également avantageuses pour les deux partis.

Les fauconniers furent placés au centre comme d'habitude, Mahiddine avec cinq faucons et Kouider avec quatre. — Chaque oiseau était porté individuellement ce jour-là par les maîtres, les biâzes et les aides-fauconniers, afin de pouvoir les mettre tous en action simultanément si on le jugeait à propos.

Nous nous mîmes en marche, après avoir pris des

([1]) Marin.

([2]) Cette expression est souvent employée par les Arabes ; le jaune est la couleur du déshonneur. Jaunir la figure de quelqu'un, c'est le couvrir de honte, de confusion et de malheur.

Par opposition, le rouge est la couleur de l'honneur, des beaux sentiments. Rougir la figure de quelqu'un, c'est l'honorer, le distinguer et le rendre heureux.

points de direction et être convenus du pays que nous allions parcourir.

La traque en ligne par des cavaliers ayant le faucon sur le poing et montés sur de beaux chevaux que la chasse anime a un grand cachet d'originalité, qui constitue déjà un spectacle intéressant.

Les interpellations, les cris des chasseurs, les apostrophes adressées aux lièvres qui gardent le gîte, maintiennent hommes, chevaux et oiseaux dans un éveil surexcité.

« Hé! un tel, fouille ces touffes à ta gauche. — Mohammed, retiens ton cheval. — Avance-toi, Lakhdar! — Il n'y a donc plus de lièvres! — Par Sidi-Aïssa, le Saint de Dieu, je n'ai jamais vu un pays aussi vide! — Où se cachent-ils? — Haou, haou! — Brr! Brr! — Hé! fils du péché, levez-vous! — Votre jour est arrivé!... — Vous devez finir entre les sabots de nos chevaux et les serres de nos oiseaux. »

Nous marchions ainsi depuis un quart d'heure, battant l'alfa, le drine et le chihh, lorsque deux lièvres débusquèrent en avant des fauconniers.

Aux cris de : Le voilà! lièvre! lièvre! les biâzes déchaperonnèrent d'abord deux, — quatre, — puis six faucons.

C'était un magnifique lancer. L'alfa était assez fourni pour offrir des refuges momentanés aux lièvres et dérouter les faucons. Ces braves oiseaux faisaient merveille, excités par les cris de leur maître et une ardeur longtemps contenue. Ils s'élevaient dans le ciel avec la rapidité d'une flèche, puis fondaient, comme des aigles, sur les lièvres qui, ayant perdu la tête, couraient en tous sens, cherchant à percer le cercle mouvant qui les entourait et à se dérober à la poursuite acharnée des oiseaux.

Il faut voir l'animation d'un pareil courre, ou mieux d'un pareil vol.

Cavaliers, lièvres, oiseaux, se croisent, se coupent, se heurtent à toute allure, à toute vitesse ; — c'est un tourbillon, une course échevelée, accomplie par des possédés qui hurlent, crient, gesticulent, appellent sur tous les tons.

Chasse du lièvre au faucon.

Dans ce brouhaha domine le rappel aigu des fauconniers, pour les oiseaux qui s'égarent : « Ouihh ! — Ouihh ! » et les exclamations de joie quand ils frappent bien :

« Oui ! — Oui ! — Force ! — Vigueur ! à mon oiseau, — mon oiseau bleu !... Tu es mon fils chéri ! — En voilà un beau coup ! — C'est le mien qui l'a frappé ! — Non, tu mens, c'est le mien ! — Si ! — Non ! — C'est

11

Mahiddine (¹), te dis-je. — C'est Kouider, le rouge ! — Non, c'est LE COMMANDANT ; c'est l'oiseau marin que rien n'effraye ! — Hein ! comme il pleut sur le lièvre, dont la destinée est accomplie ! — El-Mokhtar, rappelle donc tes chiens qui s'égarent. — Tu mens ! ce sont les tiens qui sont aveugles et ont besoin que tu aboies pour leur annoncer la curée ! — Ici, mes fils, — c'est le jour de la vérité !... — Que les braves se montrent ! — Ouihh ! ouihh ! — Haou !... haou !... — Vous n'êtes donc plus mes enfants !... Ah ! si, par Dieu ! je vous reconnais à ce coup !... Haou !... haou ! — Il l'a pris, il l'a pris, mon oiseau ! c'est mon oiseau ! — Tu ris ? c'est le mien qui l'a assommé ! — Non ! c'est Mahiddine qui le tient par la tête ! — Menteur ! — Chien !... au large, au large !... » Et les biâzes et les aides-fauconniers se gourment entre eux pour se convaincre réciproquement.

Nos deux lièvres s'étaient fait chasser six ou huit minutes ; — ils vinrent plusieurs fois chercher refuge contre les faucons jusque sous le ventre de nos chevaux.

Nous étions alors obligés de les pousser du bâton pour les relancer, car l'effroi qu'ils ont des oiseaux est plus grand que celui de l'homme et des autres animaux.

Ils furent pris presque au même moment, — un par les faucons de Mahiddine, et l'autre par ceux de Kouider.

Le plaisir est d'autant plus grand que les oiseaux chassent longtemps.

C'est un spectacle qui exalte au possible, que celui de plusieurs faucons qui fondent en cascade, l'un après l'autre, sur le lièvre.

(¹) L'oiseau qui porte le nom de son maître.

Quelquefois celui-ci est tué du premier coup, le plus souvent après plusieurs passes de haut en bas.

Il arrive aussi que le lièvre est pris de bas vol par un faucon qui rase terre et qui, s'accrochant de la serre à la tête, boule avec lui par la force d'impulsion.

Les autres faucons arrivent alors à la rescousse, se cramponnent à la malheureuse bête, qui pousse des cris plaintifs; ils forment avec elle une pelote mouvante dans laquelle on ne distingue plus qu'un fouillis d'ailes, de pattes, de plumes et de poil. — Puis arrivent les fauconniers qui séparent les combattants, car les faucons, animés par la poursuite, s'attaquent souvent entre eux et se déchirent à coups de bec et à étreintes de serres. — Chacun alors reprend le sien et le chaperonne.

Le faucon qui a tué ou pris le lièvre obtient une petite curée, c'est-à-dire qu'on lui donne une ou deux becquées de chair chaude et saignante, pour le récompenser et le tenir en haleine.

Quand, ce qui est rare, le lièvre parvient à s'échapper, on rappelle les faucons par les cris prolongés et aigus de : *ouihh! ouihh!* et en leur montrant ou en leur jetant le leurre, sur lequel ils viennent presque toujours se poser quand ils sont bien dressés.

Pendant la chasse, si un aigle apparaît, quelque éloigné qu'il soit du théâtre de l'action, on rappelle les faucons et on les chaperonne, parce que l'effroi qu'ils ont de l'aigle les fait fuir et les rend sourds, la plupart du temps, aux cris de rappel.

Aussi l'aigle est-il l'ennemi intime de tous les fauconniers. Combien de fois ceux-ci m'ont-ils prié de tirer sur ceux qui venaient à portée de fusil! — Quand j'en tuais un, il était mangé avec avidité par les biàzes,

qui l'injuriaient encore après sa mort : « Voleur, fils
du péché! tu voulais manger mes enfants! — c'est
moi qui te mangerai grillé sur le feu! »

Après la réussite de notre première capture, nous
continuâmes notre chasse, qui fut très heureuse et très
animée. — Vers quatre heures et demie du soir, nous
comptions dix-huit lièvres de pris.

Toutes ces prises n'avaient pas eu lieu sans contes-
tation : — à propos
d'un lièvre tué par
deux faucons ap-
partenant, un à El-
Mokhtar et l'autre
à Abd-el-Kader,
ces deux rivaux
faillirent en venir
aux mains. Ils
avaient simultané-
ment saisi l'animal
par une patte, et,
à force de tirer

Aigle.

chacun dans son sens, ils l'avaient lacéré et s'en je-
taient les morceaux à la tête.

Quand je vins les séparer, je leur fis honte de leur
emportement et parvins, à force de compliments répartis le plus consciencieusement possible, à calmer
leur susceptible antagonisme.

Comme nous avions assez de lièvres, je proposai de
retourner vers nos tentes et de chasser, chemin faisant,
quelques outardes que nous avions aperçues pendant
la chasse, mais sur lesquelles nous n'avions pas voulu
lancer nos oiseaux.

C'est un vol que les fauconniers n'entreprennent jamais sans appréhension.

Tous les faucons ne sont pas aptes à prendre l'outarde, qui se défend à terre et qui, par son vol puissant, les entraîne et les perd souvent.

Mahiddine et Kouider, qui, en gens bien élevés, étaient restés en bons termes, malgré l'animosité réciproque de leurs écuyers, se grattèrent l'oreille à ma proposition. — Mais comme, en résumé, le vol à l'outarde entrait dans notre programme, il fut convenu qu'on déchaperonnerait pour celui-ci deux faucons seulement, — à la grâce de Dieu !

Nous fûmes servis à souhait : à moitié chemin de notre bivouac, nous tombâmes sur une bande de quinze outardes (¹) qui piétaient à cent cinquante mètres en avant de nous.

Les deux faucons désignés furent déchaperonnés, élevés sur le poing, et aperçurent bientôt celles-ci. Un seul fut lâché d'abord.

Les outardes, en voyant arriver l'oiseau sur elles, se réunirent en un groupe à la façon des bœufs attaqués par un loup; elles firent tête en hérissant leurs collerettes, en étalant leurs ailes et en faisant des haut et bas-le-corps comme des coqs de combat.

Chaque fois que le faucon passait sur elles, elles se rasaient à terre pour se relever ensuite et faire face à l'agresseur. Voyant que le faucon seul n'osait attaquer sérieusement la bande, nous lâchâmes le second.

A ce renfort, les outardes, qui se sentirent entre deux attaques, eurent peur et s'envolèrent dans toutes les directions.

(¹) L'outarde du Sahra est celle que Buffon désigne sous le nom d'outarde huppée d'Afrique, genre *houbara*, nom de cet oiseau en arabe.

Le premier faucon lâché, qui avait l'altitude et le vent favorable, profita de sa position pour fondre sur une outarde qui vint à passer au-dessous de lui; il fut assez heureux pour lui casser l'aile droite du premier coup de serre, et l'abattre. Elle n'avait pas touché terre, qu'il l'avait saisie par le cou et tombait avec elle en conservant son avantage, c'est-à-dire le dessus.

Ceci est très important, parce que l'outarde a la vilenie de *salir* le faucon quand elle l'a sous elle ou à sa portée.

C'est une défense suprême et très efficace que la nature lui a donnée là.

Quand cette défense est *employée* à propos, le faucon, qui reçoit le jet liquide et corrosif, en est aveuglé, ses plumes sont mouillées, et il est obligé de lâcher sa proie.

S'il n'est pas lavé à l'instant avec de l'eau, il est hors de service pour le reste de la saison, la matière lancée par l'outarde ayant la propriété de coller les plumes et de ternir la vue.

Le second faucon fut moins heureux que le premier; devancé par les outardes, il fit vainement tous ses efforts pour les rejoindre, et n'y put réussir.

Après plus de deux lieues de poursuite, il allait s'égarer quand son maître, Kouider-ben-Legbèche, qui l'avait suivi à distance, arriva assez près pour lui faire entendre le cri de rappel et lui jeter le leurre.

Il le reprit de cette façon et nous rejoignit après notre rentrée aux tentes, fort satisfait d'avoir reconquis son oiseau.

Le vol de l'outarde offre plus d'intérêt encore que celui du lièvre, en raison de l'attaque et de la défense, qui sont plus sérieuses, — et de la rareté de ces magnifiques oiseaux, qui ont, avec un superbe plumage, une chair exquise.

Voilà le récit de notre première journée.

Le surlendemain, nous prîmes sept outardes.

Ce fut notre plus grand triomphe sur ces superbes gallinacés; mais il fut payé chèrement : la perte de deux faucons, l'un effrayé par l'aigle, et l'autre entraîné bien loin par la poursuite et égaré.

Pendant quinze jours, nous avons chassé avec des chances diverses, mais toujours avec des captures plus ou moins grandes de lièvres ou d'outardes.

Souvent je fus sollicité par Mahiddine et Kouider de me prononcer sur la valeur de leurs faucons.

Cela arrivait, comme on le devine, toutes les fois qu'une suite de beaux coups avait été accomplie par les oiseaux de tel ou tel parti; mais je m'en défendis, remettant toujours la sentence décisive à l'issue de la chasse.

Quand elle arriva enfin, je déclarai, dans la réunion des adieux, que Mahiddine et Kouider étaient des fauconniers incomparables, que leurs oiseaux de race étaient les meilleurs que j'avais vus voler; que leurs biâzes, El-Mokhtar et Abd-el-Kader, quoique ayant des méthodes différentes pour le dressage, étaient des oiseleurs du premier mérite; enfin que bêtes et gens s'étaient admirablement conduits; que nous n'avions qu'à remercier Dieu de nous avoir préservés d'accidents, et à lui demander de nous donner tous les ans une si bonne saison de chasse.

C'était la vérité, et, de plus, je n'aurais pas voulu faire de mécontents en donnant la palme à un parti au détriment de l'autre.

J'eus soin toutefois, en particulier, de nuancer mon

opinion, et je tiens pour assuré que l'amour-propre de mes fauconniers aura su en tirer parti pour se décerner respectivement le premier rang ; — c'est une satisfaction qu'ils n'auront eu garde de se refuser.

En terminant ce récit, j'affirmerai encore que le courre de l'autruche et le vol aux faucons sont les chasses les plus attrayantes que l'on puisse faire en ce monde.

Elles rajeunissent, disent les adeptes, et je le crois

Outarde.

sans peine, en raison du plaisir intense qu'elles donnent, en même temps qu'elles poussent au maximum d'action toutes les facultés locomotives.

Les fauconniers ont des chants pour leurs oiseaux de race.

Chaque biâze, du reste, est un peu *diseur*. — Dans les longues nuits du dressage et pendant la chasse, il improvise souvent des stances qu'il chante à haute voix sur un mode cadencé, qui se termine toujours par le cri de rappel.

En voici un que j'ai à peu près retenu dans mes souvenirs :

Ia their el-bela!
Fettsen el-heoua,
Metelek ma iouka.
Ouihh! ouihh!

O oiseau de la lutte!
Combattant de l'air,
Comme toi il ne s'en trouve.
Ouihh! ouihh!

———————

Nhar el-seid
Ma ikoum Sid
Illa R'ellab-el-Djid.
Ouihh! ouihh!

Au jour de la chasse
Il n'y a de seigneur
Que R'ellah le Noble.
Ouihh! ouihh!

———————

Ou aïn th'orbi ïa arneb el-mikhrouda?
Ou aïn ett'cihi ïa oum el-houbara?
Ma infakoum, la djenah, la kora.
En cha Allah temsou fi yed el-derria!
Ouihh! ouihh! Haou! haou!

Où te sauveras-tu, ô lièvre bientôt pris?
Où tomberas-tu, ô la mère des outardes?
Ils ne vous suffiront pas, vos ailes et vos pieds!
S'il plaît à Dieu, vous serez ce soir dans les mains de nos enfants!
Ouihh! etc.

———————

Men, y ferrah benat archi?
Men y hammeur oudj khrouti?
Men ibïen khresselet khreili?
Men, men hemoum denia inessi?
Ouihh! etc.

Qui donne la joie aux filles de ma tribu ?
Qui rougit la figure de mes frères ?
Qui fait paraître les vertus de mes chevaux ?
Qui des maux de ce monde donne l'oubli ?
        Ouihh ! etc.

———————

Theiri ! their el-Sahra el-kerim !
Fdhôl Allah el-adhim !
Nechekerek ïa ouldi ala el-daïm.
N'haar maäk, men ïam el-djenna, ida makount naïm !
        Ouihh ! ouihh ! Haou ! haou !

C'est mon oiseau, l'oiseau du désert, le généreux !
Présent de Dieu le fort ! le très haut !
Je te louerai, ô mon fils, sans cesse ni répit.
Un jour avec toi est un de ceux du Paradis, si je ne suis en rêve !
        Ouihh ! ouihh ! Haou ! haou !

CHAMEAUX

MIRAGE — PRÉSAGES — DIVINATIONS

LITTÉRATURE ET POÉSIE ARABE

CHAMEAUX

Parmi les animaux que l'homme a assujettis à son service et qu'il a faits ses auxiliaires dans le pèlerinage de la vie, il y en a de plus particulièrement utiles, dont il ne saurait se passer dans certaines conditions d'existence.

Tels sont les chameaux ([1]) pour les peuples nomades et pasteurs qui vivent dans les régions désertes.

Pour ne parler que du Sahra de l'Algérie, que nos colonnes ont traversé tant de fois en sondant ses mystères, on peut dire que les chameaux y sont en si grande estime, qu'elle approche de la vénération; et il faut reconnaître que ce sentiment se trouve justifié par

---

([1]) C'est dromadaires qu'il faudrait dire en parlant de l'espèce que l'on rencontre en Algérie.

les services constants, exceptionnels, que les chameaux
rendent à leurs possesseurs.

C'est grâce à ces excellents animaux que les nomades
mènent cette existence si libre, si indépendante, et
s'affranchissent de certaines misères qui pèsent sur les
citadins, même les plus civilisés.

Certes, il n'est pas facile de convaincre des Français,

Caravane.

des Anglais, des Allemands et tant d'autres, — qui se
croient avec quelque raison à la tête du progrès huma-
nitaire, — qu'il y a un très grand charme dans cette
antique existence des Arabes pasteurs.

Cependant rien n'est plus vrai : c'est la conviction
de tous les Européens qui ont pu en jouir accidentellement. — Tout en reconnaissant qu'ils ne sont peut-
être pas aptes à la mener toujours, ils comprennent
l'attachement passionné qu'elle inspire aux nomades.

qui ne sauraient en être privés sans tomber en nostalgie.

Combien de fois avons-nous vu de ces Sahariens, amenés par leurs affaires dans le Tell et dans les villes, s'y trouver à la gêne, embarrassés de leurs mouvements, se heurter à toutes les défenses et contraintes que les

La rentrée des chameaux

agglomérations humaines accumulent sur d'étroits espaces.

Chaque pas était pour eux un non-sens, un étonnement ou une déception. — Tout les comprimait dans un pareil milieu, aussi bien ce qui devait exciter leur admiration que les choses qui les froissaient. — Et c'était avec la joie de la délivrance, comme celle qu'éprouve le prisonnier que l'on rend à la liberté, qu'ils reprenaient, radieux, le chemin de l'espace, du pays où l'on respire à pleine poitrine « l'air du bon Dieu. »

Eh bien, cette existence si large, que bien souvent ils préfèrent mourir que de la perdre, les Arabes ne peuvent la mener qu'avec leurs chameaux, seuls véhicules possibles dans le Sahra. — Aussi on comprend que ces indispensables moteurs de la vie au désert soient l'objet d'un culte tout particulier.

Ce sont les chameaux qui portent la tente, les bagages, les provisions, les femmes, les enfants, les vieillards, les éclopés.

C'est grâce à eux que les Arabes vivent dans le pays de la soif, en les envoyant chercher l'eau à des distances de vingt et trente lieues du point où ils ont planté leurs tentes, et peuvent rester ainsi des saisons entières dans les régions de pacage où s'engraissent et foisonnent leurs troupeaux de brebis.

Ce sont les chameaux qui vont chercher le blé et l'orge dans les pays qui en produisent, — qui chargent, dans les ksours, les tissus fabriqués, les dattes, etc., servant au commerce d'échange.

C'est avec eux que les Arabes se dérobent à l'ennemi par de longues marches, et évitent le plus souvent d'en être atteints. Cela faisant, ils donnent leur lait si substantiel pour l'alimentation des gens et des chevaux.

Aussi les chameaux sont-ils en grand honneur chez les Arabes. De tout temps les plus grands poètes les ont chantés : — on les retrouve dans les *Moallakat* (¹), dans le poème d'Antar et dans le Coran lui-même. — Mohammed n'avait-il pas une chamelle pour monture favorite ?

L'importance de la race caméline depuis cette époque

(¹) Poèmes sacrés qui méritèrent d'être *accrochés* (d'où vient leur nom) à la Koubba vénérée de la Mecque, pour leur incomparable beauté.

ést sans doute un peu amoindrie, mais elle est loin d'être anéantie, et dans notre Sud il est facile de voir que le mot *Ibel* (¹) ne laisse personne indifférent.

C'est une gloire de conquérir les chameaux; c'est une honte de les laisser prendre.

Les plus braves parmi les guerriers du Sahra s'enorgueillissent d'être appelés *Fersan-el-Bel*, cavaliers des chameaux.

C'est effectivement près de ceux-ci que se livrent les plus rudes combats, soit à l'attaque, soit à la défense. — Ces scènes de guerre sont rendues plus acharnées encore par la présence des femmes montées dans les *atâtiches* (²), d'où elles excitent les combattants par leurs louanges ou leur improbation.

Quand on dit d'un guerrier : Un tel sauve les chameaux (³), c'est-à-dire les préserve de la prise au jour de la poudre, ou les reprend s'ils ont été conquis, — on a résumé tout ce qui peut être dit sur l'homme le plus brave.

Khraïn-el-Bel, voleur de chameaux, est aussi un surnom élogieux pour celui qui se livre à cette aventureuse entreprise ; les chameaux sont toujours gardés en temps de guerre par les cavaliers les plus vigoureux de la tribu.

La poursuite des *voleurs* est acharnée et meurtrière ; on s'y bat pour tout de bon.

Le chameau est considéré en outre comme *T'ahr* (⁴), c'est-à-dire comme ne communiquant pas la souillure.

(¹) Nom générique des chameaux, particulièrement un troupeau de 80 à 100 têtes.

(²) Palanquins spécialement portés par les chameaux et dans lesquels se placent les femmes et les enfants.

(³) *Fláne, Fak-el-Bel.*

(⁴) *T'ahr*, en état de pureté. Ainsi, son urine, si elle atteint les vête-

Aux funérailles des grands, pendant les quarante ou

Atâtiche.

soixante jours de lamentations publiques qui les sui-

ments de l'homme, ne souille pas, et l'on peut prier avec, sans être obligé de les laver préalablement.

Les crottins de chameaux sont recueillis comme combustible, ils servent à faire cuire les aliments; le feu qu'ils donnent a une grande puissance de calorique.

vent, les chamelles qui ont des petits sont, à l'heure du *hazène* (¹), isolées de ceux-ci par une clôture. —

Atâtiche.

Leurs petits mkr'alils gémissent et appellent, en retour,

(¹) Le *hazène* dure deux ou trois heures chaque jour, dans l'après-midi. Toutes les femmes de la tribu ou de la fraction se réunissent dans la tente du mort ; là elles pleurent, se lamentent, et rappellent dans un chant de deuil les vertus et qualités du défunt. — Cette cérémonie est présidée par a femme aimée du chef décédé.

12

les cris plaintifs des chamelles, qui pleurent en même temps à grosses larmes.

Chameau de voyage.

Les Arabes, en parlant de leurs chameaux, les considèrent comme les meilleurs soutiens de la famille.

« Ce sont nos amis, disent-ils; ils nous accompagnent et nous aident dans notre existence sur cette terre. Tous nos actes importants, pérégrinations journalières, longs voyages, fêtes, combats, fuites, deuil, richesse, — tout cela n'a lieu qu'avec la présence et la coopération des chameaux chéris. »

Ce que je viens de dire du chameau s'applique encore mieux au *mahri*, qui est au premier ce que le cheval de selle est au cheval de trait.

Chameau de voyage.

Le mahri a même quelques qualités plus développées, telles que la puissance de locomotion et la résistance à la fatigue; il peut faire pendant plusieurs jours de suite jusqu'à trente ou trente-cinq lieues par vingt-quatre heures.

C'est avec le mahri que les Touareg affrontent le désert et y vivent, comme un constant problème de sobriété et d'aventures.

Enfin, c'est avec les chameaux que nous-mêmes avons pu nous rendre maîtres de la région saharienne, et avons ainsi mis le sceau à notre conquête de l'Algérie, qui n'aurait jamais été complète autrement.

Il y a tout un livre à faire sur les chameaux.

MIRAGE

Le mirage a lieu particulièrement dans les grands bas-fonds, très plats, légèrement humides et salants, tels que les chotts, les zagrès, — dans les plateaux du Sahra algérien, tels que ceux du Sersou, — et dans les Tanez-Rouft, plaines immenses entre le Sahra algérien et le Soudan.

Le mirage est produit, je crois, par une condensation vaporeuse de l'air humide.

Cette condensation, échauffée par le soleil, prend l'apparence nuageuse, et forme d'immenses nappes blanches qui s'étendent le plus souvent sur tout le bas-fond ou la plaine que l'on a devant soi.

Vu à distance d'un point un peu élevé, le mirage ressemble à une vaste étendue d'eau dans laquelle des cailloux ou de petits arbustes prennent l'apparence d'îles ou de forêts qui se déplacent et changent d'aspect quand on s'en rapproche.

Quand il se trouve des animaux dans la partie affectée au mirage, ils prennent aussi des proportions gigantesques et fantastiques.

Des chameaux que j'ai aperçus une fois à environ trois cents mètres m'ont semblé avoir des membres de dix mètres de hauteur, et un corps gros en proportion.

Ils semblaient marcher dans l'eau, qu'on aurait juré voir se déplacer par le mouvement de leurs jambes.

Dans les Tanez-Rouft surtout (¹), — m'a raconté Cheikh-Atman des Touareg, — les effets du mirage sont prodigieux, parce qu'ils s'exercent sur des plaines sans fin et planes comme une glace : — un crottin de chameau semble être une grande tente ; des brins de drine ou de végétaux de la grosseur du doigt prennent l'apparence d'arbres immenses couchés ou debout sur le sol.

Les animaux qui vivent dans la région où le mirage se produit ne s'y trompent pas ; ils n'en subissent pas l'attraction, et je n'ai pas remarqué qu'elle s'exerçât sur ceux qui ne le voient qu'accidentellement.

Je crois, au contraire, que les animaux ont un instinct qui les prémunit contre les effets du mirage et les tentations qu'il peut donner.

L'homme seul, — soit par le fait de son manque de compréhension de certains effets naturels, soit par celui d'une imagination qui aime à rêver l'impossible, — est soumis à l'action attractive du mirage.

Il lui plaît de croire ou de supposer qu'il a là, devant lui, des lacs, des îles, des forêts, parce qu'il se trouve dans une zone et soumis à une température où toutes ces choses lui seraient utiles et agréables.

(¹) Immenses plaines très unies, dans le centre du grand désert central de l'Afrique.

L'esprit, l'imagination, subissent là encore l'influence de la matière; les appétences physiques agissent et aident à concevoir des scènes ou des choses que l'on aimerait à voir réellement.

Aussi, tout en ne croyant pas à la réalité des effets du mirage, on est puissamment séduit par les tableaux qu'il représente, et on s'abandonne à l'illusion.

Combien de fois j'ai rêvé, en contemplant des effets de mirage, que j'étais l'auteur de la transformation qui s'opérait sur une région que je savais être torride et improductive!

Je produisais à ma guise des lacs, des rivières; je créais des cités, des ports, des canaux; — je couvrais le sol de forêts, de riches moissons, de troupeaux; — et, chose bizarre, qui aidait à la continuation et à la puissance de mes illusions, le mirage semblait être à mes ordres et produire, par le fait de ma volonté, les créations que j'imaginais.

Hélas! c'est le cas de le dire, — autant en emportait le vent; un souffle de Borée me rendait à la réalité.

Mais j'avoue que j'ai trouvé tant de charme aux sensations que donne le mirage, que je m'y suis soumis toutes les fois que j'en ai eu l'occasion.

PRÉSAGES

Tous les peuples sauvages, barbares ou à demi civilisés, ont une croyance aux choses surnaturelles et à leur manifestation par diverses causes ou moyens.

Les Arabes, quoique musulmans, ont conservé des anciennes habitudes païennes et idolâtres de leurs ancêtres, des coutumes, des croyances et des superstitions que la religion de Mahomet n'a pu complétement détruire.

Ainsi, ils sont très accessibles aux présages. Il y en a d'une infinité de sortes et pour tous les actes de la vie. Je veux en citer quelques-uns.

Le présage par les corbeaux est généralement admis quand il s'agit de départ pour voyages, chasses, combats, etc.

Voir deux corbeaux à sa droite est un bon présage; — n'en voir qu'un, et à gauche, en est un mauvais.

S'entendre rappeler quand on a commencé la marche pour un départ — est un mauvais signe. C'est la *n'echa* (¹).

Entendre, dans les mêmes circonstances, des mots signifiant joie, bonheur, bien en général, — bon présage.

Rencontrer de jeunes et jolies filles, — bon présage.

Rencontrer une vieille femme, un borgne, un aveugle, un lièvre, — mauvais présage.

Voir, au moment du départ pour la chasse, une *haouma*, réunion de corbeaux qui décrivent en l'air des cercles concentriques, — excellent présage, signe infaillible de succès.

On pourrait multiplier ces citations à l'infini. Je n'ai fait mention de celles qui précèdent que pour donner une idée de cette croyance aux présages chez les Arabes sahariens.

(¹) De *n'echa*, retenir, retirer, empêcher.

DIVINATIONS

La divination joue aussi un assez grand rôle sur l'esprit crédule des Arabes. La plus connue et la plus accréditée est la divination par le *ketef* (¹) des moutons dépouillé de sa chair.

Les devins ou prétendus tels y lisent l'avenir et affirment qu'un tel sera tué dans telle rencontre, — mourra de telle mort; — que d'autres seront riches, glorieux, obtiendront du pouvoir, — se marieront avec les femmes qu'ils aiment, etc., etc.

LITTÉRATURE

ET

POÉSIE ARABE DE NOS JOURS

La littérature proprement dite n'est plus en honneur chez les Arabes de l'Algérie. Quelques *talebs* (²), en nombre fort restreint, seuls auteurs de notre époque, écrivent parfois des notes, des gloses, des commentaires, sur des questions de droit, de jurisprudence et de religion; mais ces écrits peu connus n'entrent même pas dans la circulation.

La poésie, chez les Arabes de l'Algérie, est aussi à

(¹) *Ketef*, épaule, omoplate.
(²) *Taleb*, qui demande, sous-entendu la science, — lettré.

son déclin, quoique l'on puisse dire qu'elle leur soit restée familière et qu'ils aient l'imagination chaude et facile à l'exaltation.

L'Arabe sent les beautés de la nature, mais ses sensations et sa verve s'exercent plus particulièrement sur la beauté, les charmes de la femme, l'excellence des chevaux, la bonté et le luxe des armes, les faits de guerre, chasse, etc.

Cette poésie se manifeste par des *Gals* et *Ghrazels*, sortes de lais.

Quelques-uns s'écrivent, la plupart se chantent dans l'inspiration, se répètent de mémoire, et vont ainsi de tribu en tribu à travers l'Algérie, colportés par les *Diseurs*, derniers vestiges des anciens bardes et trouvères d'autrefois.

Ces diseurs se divisent en *Gouals, Aïats* et *Meddah's.*

Les *Gouals*, ou poëtes ambulants, doués du don de l'improvisation, vont de douar en douar, au foyer hospitalier des grands et des riches, chanter, en s'accompagnant de la flûte primitive et du tambourin, les exploits des guerriers en renom, les amours d'amants célèbres.

Ils fréquentent les marchés, les réunions, les noces et les fêtes.

Mais comme tout passe en ce monde, ils vont tous les jours s'éclipsant, et, moins heureux que leurs devanciers de l'ancienne Grèce ou des régions du Nord, les derniers diseurs arabes voient finir avec eux leurs chants et leurs récits héroïques. J'en excepte toutefois ceux qui ont été tirés de l'oubli par plusieurs ouvrages sur l'Algérie, entre autres par les livres du général Daumas.

Le mirage dans le Sahra.

Le *Goual* est généralement de mœurs pacifiques; il n'a point de costume particulier; il se reconnaît néanmoins à une physionomie rêveuse et souvent inspirée, à ses modestes instruments qu'il porte dans le capuchon de son burnous. On le désigne aussi sous le nom de Sahab-el-Senâ (ami du métier, *de la gaie science*).

L'*Aïat* (¹) a plus d'analogie avec les bardes belliqueux

Le diseur algérien.

de la vieille Irlande, qui savaient aussi bien manier la lourde épée que la lyre.

Les Aïats ont à peu près disparu dans nos dernières guerres, et c'est à peine si de loin en loin on en rencontre encore quelques-uns dans les tribus guerrières du Sud.

(¹) De *aïet*, crier, appeler haut.

L'Aïat, homme de cheval et de poudre, — comme il aime à s'en vanter, — possède une voix d'un timbre aigu, d'une immense portée.

Dans la mêlée des combats, il jette des appels, des excitations scandées et rythmées, qui exaltent jusqu'à la frénésie le courage des guerriers.

Véritables clairons humains, — avec leurs voix de cuivre, — ces inspirés de la lutte ont souvent, comme les héros d'Ossian, déterminé la victoire par leurs chants énergiques.

Les cris, les appels des Aïats, agissent sur les nerfs avec un effet semblable à celui que nous produit la charge battue par le tambour; ils donnent cette horripilation que l'on définit souvent en disant : « Avoir la chair de poule. »

J'ai été soumis à l'action du chant des Aïats, et me suis rendu compte de sa stimulante énergie.

Les lambeaux de phrases ou de vers lancés par les Aïats dans les moments décisifs du combat sont des appels aux sentiments élevés, à la gloire des guerriers, à leurs anciens exploits. Quelquefois même il est fait allusion à l'amour des plus braves pour des beautés en renom.

Après ces indiscrétions, — que l'on peut appeler suprêmes au moment du péril, — un guerrier doit vaincre ou être mis hors de combat; il n'oserait jamais se représenter vaincu devant la femme qu'il aime, lorsqu'elle a été invoquée en son honneur pour déterminer la victoire de son parti.

Les *Meddah's* ([1]) chantent particulièrement la poésie religieuse, les prouesses des compagnons du Prophète.

([1]) *Meddah*, louangeur; — *medh*, louange.

Les *Medhs*, d'où ils tirent leur nom, sont de petits poèmes sacrés en l'honneur de l'Islam et des hauts faits accomplis par ses *Oualis* et *Moudjaheds* ([1]).

Les Meddahs se distinguent par un fanatisme outré.

Pénétrés et convaincus de la véracité des dires et gestes de leurs héros, de la supériorité de leur religion sur celle des infidèles. ils s'enivrent à leurs propres

Le goual et son auditoire.

chants et entraînent leurs auditeurs par le récit extraordinaire des faits célèbres et par le mode sur lequel ils sont rythmés.

La cadence, monotone au début, violente et heurtée par progression, finit par opérer une sorte d'enivrement mystique, dont l'effet va toujours croissant, et entraîne jusqu'à l'extase les sectateurs du Prophète.

([1]) *Oualis*, saints; — *Moudjaheds*, combattants pour la foi.

MESSAOUDA EL-HARZLIA

ÉPISODE DE GUERRE

ENTRE

LES BENI-LAGHOUAT, LES LARBAS

ET

KSAR EL-HIRANE

———

Avant que notre domination s'établit dans le Sud,
les tribus nomades et leurs Ksours (¹) vivaient en
guerres continuelles, à peine interrompues par de
rares trêves.

Ces guerres ont eu de tout temps pour motifs principaux les rivalités et les questions de prépondérance;
elles se sont éternisées par les vengeances et les re-
présailles, de sorte que l'on peut dire qu'elles faisaient
partie de l'existence des populations arabes.

Il n'y avait de diversion à cet état d'hostilités ouvertes qu'à l'apparition d'un grand personnage po-
litique ou religieux, d'un sultan ou d'un chérif, comme

(¹) Villes des oasis.

les Arabes en donnent si facilement le nom aux agitateurs qui se présentent comme des messies dont la venue
a été prophétisée.

Mais cette diversion aux querelles intestines ordinaires, aux guerres locales, n'était pas, comme on
pourrait le supposer, en faveur de la paix. C'était une
occasion, au contraire, pour rendre ces guerres plus
actives et plus générales.

Les divers petits partis dissidents formaient alors des
groupes plus considérables, et, selon leurs intérêts ou
leurs affinités, se réunissaient à l'appel des nouveaux
Sultans, ou restaient du parti local le plus préponodé-
rant.

Il en résultait ainsi un plus grand antagonisme qui,
en se concentrant davantage par le nombre des individus et les passions mises en jeu, amenait un paroxysme
d'humeur belliqueuse et d'actions énergiques remarquables souvent par des combats singuliers, — des
épisodes chevaleresques, — des défis à la façon des
anciens, et finalement des mêlées générales, où le parti
vainqueur était sans pitié pour le parti vaincu.

L'épisode que je vais rappeler s'est produit dans une
de ces luttes où les ksours, appelant à leur aide les
nomades du Sahra, obtenaient par leur concours la
formation de petites armées, composées de fantassins,
de cavaliers et de chameliers conduisant les palanquins, dans lesquelles les femmes arabes venaient exciter
au combat les guerriers de leur tribu.

C'était en 1843, après le siège d'Aïn-Madhi par Abd-
el-Kader.

On sait que l'émir, n'ayant pu prendre la ville sainte
des Tedjinis par la force après huit mois de siège,
avait usé d'une feinte pour y entrer.

Il s'était arrangé de façon à faire savoir à Tedjini qu'il ne pouvait s'éloigner d'Aïn-Madhi sans être entré dans cette ville avec ses troupes — et avoir fait sa prière dans la grande mosquée.

Il s'était, disait-il, engagé par le serment de ses femmes (¹), dont la mort ou le succès pouvaient seuls le relever.

Tedjini, en sa qualité de marabout, comprenant parfaitement l'importance d'un pareil serment, craignant aussi peut-être la chute possible de la ville après quelques mois encore de blocus et de tranchée ouverte, fit faire à Abd-el-Kader des propositions que celui-ci accepta, et qui étaient celles-ci :

Abd-el-Kader se retirerait avec son armée à El-Ghricha (²);

Lorsqu'il y serait arrivé, Tedjini évacuerait Aïn-Madhi avec sa famille, les défenseurs qui avaient soutenu le siège, et se retirerait à Laghouat;

Abd-el-Kader reviendrait à Aïn-Madhi, y ferait ses dévotions à la grande mosquée, respecterait la ville, les jardins restés intacts, en un mot, se conduirait en ami plutôt qu'en ennemi;

Ses dévotions faites, et conséquemment son vœu accompli, il devait quitter le pays avec ses troupes et laisser désormais en paix Tedjini et sa ville.

La convention s'exécuta en partie, c'est-à-dire qu'Abd-el-Kader, après l'évacuation de la ville par le marabout, y revint avec son armée; mais il y revint avec la honte d'une retraite subie, et confus d'avoir échoué

(¹) Le serment par les femmes est celui où le musulman jure que ses femmes lui seront *sacrées*, c'est-à-dire qu'elles ne seront plus siennes, si telle ou telle chose n'est pas accomplie par lui.

Il est obligé de les répudier si cette chose ne s'accomplit pas.

(²) Ksar du Djebel-Amour, distant de 8 lieues d'Aïn-Madhi.

Abd-el-Kader.

13

devant une bicoque défendue par des pâtres et des Tolbas efféminés, comme il appelait les défenseurs d'Aïn-Madhi.

Dans cette disposition d'esprit, il céda aux suggestions de ses lieutenants et de ses troupes : il rasa complétement la ville et détruisit les jardins restés intacts pendant le siège.

Après avoir accompli cet acte de vindicative destruction, Abd-el-Kader songea à retourner vers le Tell, où le rappelaient de sérieuses complications.

Il voulut toutefois, avant de quitter le Sahra, lui donner un semblant d'organisation, pour faire croire à la conquête réelle de cette région.

A cet effet, il nomma khalifa du Sahra Si-el-Hadj-el-Arbi, descendant du fameux Si-el-Hadj-Aïssa, l'auteur des prédictions sur l'arrivée des Français en Algérie, dont la koubba (¹) est à Laghouat.

Il lui laissa, pour assurer son autorité dans le désert, deux compagnies de fantassins réguliers, une pièce de canon, des k'rials et mekr'ezen (²).

El-Hadj-el-Arbi, qui vivait antérieurement en hostilité avec l'influente famille des Oulad-Zanoun de Laghouat, avait rallié Abd-el-Kader lors de son entrée dans le Sahra; il l'avait servi avec zèle, pendant le siège d'Aïn-Madhi, tant de son influence personnelle que de celle de ses clients.

Il était donc, par ce fait, devenu l'ennemi du marabout Tedjini et de ses nombreux *khreddems* (³). Il était

---

(¹) Minaret renfermant un ou plusieurs tombeaux.

(²) *K'rials*, cavaliers, troupe régulière à cheval créée par l'émir. — *Mekr'ezen*, cavaliers auxiliaires attachés à l'administration du pays.

(³) *Khreddems*, serviteurs religieux affiliés à un ordre. Celui des Tedjinis est un des plus considérables dans le sud de l'Algérie. Il étend son action jusque chez les Touareg.

de plus considéré comme un intrigant ambitieux par les tribus sahariennes, pour avoir pactisé avec un sultan du Tell [1].

La position de Si-el-Hadj-el-Arbi, après le départ d'Abd-el-Kader pour le Tell, fut, comme on le comprend bien, très difficile.

Malgré sa qualité de marabout descendant de Si-el-Hadj-Aïssa, il n'obtint, en retour de ses avances, que haine et mauvais vouloir de la part de l'importante tribu des Larbâs et de la population de Laghouat, pour avoir aidé à la ruine de la Zaouïa du marabout vénéré d'Aïn-Madhi.

Il se soutint quelque temps d'abord dans Laghouat, avec l'aide de ses réguliers.

Mais, harcelé chaque jour par la plus grande partie de la population de la ville et par les goums des Larbâs, ne recevant pas de secours d'Abd-el-Kader qui, en ce moment, était fortement pressé par nous, il perdit peu à peu son prestige et son action.

Force lui fut alors d'aller se réfugier à Ksar-el-Hirâne [2] avec les quelques réguliers qui lui restaient et un parti de nomades et de ksouréens composé de Harazlias, de Heudjaje et de Rahman.

La situation du khalifa du Sahra ne tarda pas à s'aggraver encore.

Les Beni-Laghouat, les Larbâs, les Mekhalifs, les Oulad-Saâd-ben-Salem, tous ligués ensemble pour cette occasion par les menées des Oulad-Zânoun, vinrent l'assaillir dans son dernier asile.

[1] Les nomades du Sud, qui, jusqu'à notre domination de toute l'Algérie, étaient restés indépendants ou à peu près, avaient un profond dédain pour les Arabes du Tell, qui s'étaient laissé asservir par les Turcs et par nous.

[2] Village de quatre-vingts à cent maisons, à huit lieues S.-E. de Laghouat

Ce ksar, comme tous ceux du Sud, était entouré
d'une enceinte bâtie en mottes de terre cuites au soleil.
Il n'avait aucune autre défense et ne pouvait résister
longtemps à une attaque sérieuse.

L'ardeur des assiégeants était extrême, celle des assiégés n'était pas moindre; il y allait pour eux de la
vie : ils savaient qu'ils n'avaient aucune merci à attendre de leurs ennemis.

Ils se défendaient en désespérés, et étaient soutenus,
comme il n'est pas rare de le voir dans ces combats
entre Arabes, par leurs femmes, dont quelques-unes
donnaient l'exemple de l'abnégation la plus complète
de leur existence en se mêlant aux premiers rangs des
combattants lorsque l'assaut était donné aux murailles.

Une jeune fille, entre autres, de la tribu des Harazlias, se faisait remarquer par sa vaillance; elle se
nommait Messaouda.

Cette jolie fille de dix-huit ans possédait une beauté
remarquable, éclose et dorée aux rayons du soleil du
Sud. Elle avait une taille élevée et élégante, de magnifiques proportions. Elle se distinguait surtout par
l'exaltation de ses sentiments pour le triomphe de son
parti.

C'était une façon de Jeanne Hachette orientale; —
mais si elle pouvait sous ce rapport être comparée à
l'héroïne du siège de Beauvais, elle était peut-être
moins austère. Elle avait de nombreux admirateurs
parmi les guerriers des Harazlias, et s'en faisait gloire.
Sa beauté était chantée par tous les ménestrels du
pays.

Messaouda, en un mot, était généralement aimée;
son action sur les siens était sans bornes; elle devait
bientôt s'en servir pour le salut de tous.

Ksar-el-Hirâne était assiégé déjà depuis plus d'une semaine, lorsqu'un soir, après une journée de combats dans lesquels la fortune était restée indécise comme dans les jours précédents, les guerriers des Larbâs, des Beni-Laghouat et des Mekhalifs résolurent d'en finir avec les assiégés par un dernier effort.

Ils se rassemblent de nouveau à cet effet. Encouragés par leurs chefs, par l'appât du butin et de la vengeance, ils se ruent sur les murs de la ville avec des cris de défi et des chants de victoire, — ce qui est toujours, entre Arabes, l'indice d'une affaire sérieuse.

Les défenseurs du Ksar-el-Hirâne, bien moins nombreux que les assaillants, plus fatigués de la résistance que ceux-ci de leurs attaques, reçoivent le choc du mieux qu'ils peuvent; mais, après avoir repoussé le premier assaut, ils sont obligés de céder au nombre des attaquants qui se renouvelle sans cesse.

Ils abandonnent la défense de l'enceinte, particulièrement à un endroit où une sorte de brèche avait été ouverte par un flot d'assaillants.

C'en était fait du ksar et de ses défenseurs, si ce premier élan eût continué.

On connaît la manière de combattre des Arabes : quand la tête de colonne lâche pied, tout cède.

Mais aussi, quand le succès de ceux qui sont en avant se prononce, la masse s'ébranle comme un seul homme et se précipite comme un torrent irrésistible.

La situation des défenseurs était donc désespérée, quand la jeune Messaouda, attirée par le feu et les vociférations des vainqueurs, arrive sur le lieu du combat.

D'un coup d'œil elle voit les siens, mis en déroute, abandonner la défense; elle voit les guerriers des Larbâs et des Beni-Laghouat se précipiter sur la brèche, en hurlant des menaces de meurtre et de pillage.

Saisie alors d'une exaltation causée par la honte et la douleur, animée d'une sublime résolution, elle s'élance au-devant des fuyards, les interpelle d'une voix vibrante, et leur jette à la face de ces paroles qui ont tant de puissance sur les hommes d'une nature généreuse, et réveillent toujours d'un moment d'effroi ou de torpeur :

« Où courez-vous, fils des Harazlias ! L'ennemi n'est pas de ce côté, il est derrière vous, il vous chasse comme un troupeau de brebis !... Vous abandonnez vos femmes et vos enfants à la rage de ces chiens de sang !... O jour du deuil noir !... il n'y a plus d'hommes de la race de Harzallah !... il faut que ce soit une femme qui vous fasse souvenir que du sang rouge coule dans vos veines ! »

Dénouant aussitôt sa ceinture et la faisant flotter comme un drapeau au-dessus de sa tête, elle redouble d'apostrophes véhémentes qui remontent tous les courages; elle s'écrie : « Où sont ceux qui disent des chants d'amour pour moi?... — Où sont mes frères?... — C'est ici que je les aimerai!... — Qu'ils se montrent!... qu'ils me suivent!... s'ils ne veulent me voir devenir la proie des jeunes guerriers des Larbâs qui se vantent déjà de posséder vos femmes, vos enfants et vos troupeaux! — des Larbâs qui veulent vous faire filer la laine et cuire leurs aliments ! »

Puis, joignant l'action aux paroles, elle se précipite au milieu des assaillants.

Peindre la confusion, la douleur et la rage qui s'emparent des guerriers des Harazlias, n'est pas possible. Ranimés par les paroles et par les gestes de la jeune

héroïne, ils font volte-face, s'appellent les uns les autres, s'exaltent au souvenir de leurs anciens exploits,
qu'ils énumèrent à haute voix, et se rejettent à la suite
de Messaouda au plus épais des rangs ennemis.

Là s'engage alors une de ces mêlées où les forces se
décuplent, où l'on fait arme et projectile de tout, où
l'arme à feu cède le rôle à l'arme blanche, où celle-ci,
bientôt insuffisante, a pour auxiliaires les pierres, les
débris de la brèche et, dans les luttes corps à corps,
les couteaux (1), les dents et les ongles.

Cependant Messaouda est tombée au pouvoir des
Larbâs, qui veulent l'entraîner vers leur camp.

Elle se prête à ce mouvement, elle l'accélère même
en se jetant de l'autre côté de la brèche. — Son but est
d'attirer la lutte sanglante en dehors de l'enceinte qui
protège les siens.

Arrivée à vingt pas des murs, elle se retourne vers
ceux qu'elle a si énergiquement ramenés au combat,
elle leur adresse des prières, leur tend les bras et les
conjure, par tout ce qu'ils aiment en ce monde, de ne
pas la laisser emmener par les ennemis, — subir la
honte et le mépris de leurs femmes.

Elle résiste alors à ceux qui l'entraînent et se débat
de leurs étreintes.

Ce spectacle, ces appels déchirants portent jusqu'à
la frénésie le courage des Harazlias. — Rugissant
comme des tigres et bondissant comme ces puissants
animaux, sans tenir compte de leurs blessures ni de la
mort qui les atteint, ils renversent et foulent aux pieds
leurs adversaires qui, de vainqueurs qu'ils étaient,
passent successivement de l'attaque à la défense et

(1) *Mouâs*, couteaux à raser très affilés.

enfin à la fuite. Ils cèdent à une force surhumaine.

Dans leur retraite précipitée, les Larbâs et les Beni-Laghouat essayent d'entraîner l'enthousiaste Messaouda.

Mais celle-ci, qui résiste maintenant autant qu'elle s'est laissée emporter d'abord, est enfin rejointe par ses frères, par ses amis, et c'est autour d'elle que se portent les derniers coups, qui décident une complète victoire en faveur des défenseurs de Ksar-el-Hirâne.

Ce que j'ai dit de la facilité qu'ont les Arabes à fuir quand les premiers combattants sont repoussés, explique comment les Larbâs et les Beni-Laghouat, après avoir été vainqueurs d'abord, virent leur triomphe se changer en déroute lorsque leurs plus braves guerriers eurent été culbutés par les Harazlias.

Ils perdirent beaucoup de monde ce jour-là, parce qu'une sortie générale des assiégés vint achever leur défaite.

Quand le combat fut terminé, tous les guerriers des Harazlias restés valides, qui s'étaient distingués dans cette brillante action, ramenèrent en triomphe, au milieu d'une fantasia bruyante, leur bien-aimée Messaouda.

Les femmes et les filles vinrent à sa rencontre, elles lui baisèrent les cheveux, les yeux et les mains en lui disant : « Tu es bien véritablement Messaouda (¹) ! — C'est à toi que nous devons d'être encore les femmes de notre tribu. — Que Dieu te bénisse, te rende heureuse et féconde ! »

Ce fut à qui la fêterait et immolerait un mouton en son honneur.

La victoire de Messaouda fut bientôt connue dans

(¹) *Messaouda* signifie fortunée.

tout le Sahra. La jeune fille se vit glorifiée par tous, sans distinction de parti ou d'origine. Un chant de

Paysage algérien.

guerre et d'amour fut composé en son honneur, et aujourd'hui encore il en reste des traces dans les tribus nomades du Sud.

Il est pénible d'ajouter que ce brillant épisode n'eut pour résultat que de retarder de quelques jours la prise de Ksar-el-Hirâne.

Le nombre des assiégeants était trop disproportionné, il s'augmentait tous les jours, tandis que le parti d'El-Hadj-el-Arbi diminuait au contraire.

Finalement, Ksar-el-Hirâne fut pris. Bon nombre de ses défenseurs perdirent la vie dans le dernier combat qui amena cet événement. Si-el-Hadj-el-Arbi fut du nombre.

Avec lui finit le semblant de domination que l'émir Abd-el-Kader avait tenté d'établir dans le Sahra.

Mais ce qui survit dans la mémoire des contemporains et qui se transmettra sans doute à celle des générations futures, c'est le souvenir de Messaouda-el-Harzlia et de son héroïque action.

.LETTRE

SUR LES

REGGABS DU SUD

Laghouat, le 5 juin 1858.

A M. le général DAUMAS.

MON GÉNÉRAL,

Je regrette de vous avoir fait attendre si longtemps les quelques renseignements que vous m'avez fait l'honneur de me demander sur les *reggabs* (¹) du Sud.

J'ai, comme je vous l'ai annoncé dans ma dernière lettre, le type du genre chez les Oulad-Nayls; malheureusement mon pauvre reggab est entre la vie et la mort depuis un mois. Je voulais tenir de sa bouche le détail des courses extraordinaires qu'il a accomplies; mais comme après une assez longue attente je dois re-

(¹) De *reggueb*, explorer du regard. — Explorateurs, courriers.

noncer à le voir en état de me raconter lui-même ses prouesses, je vais vous donner le récit de quelques-unes de ces dernières, parfaitement authentiques du reste et bien connues de tous les Arabes du cercle.

C'est Ben-Saïdane que se nomme ce phénomène des coureurs.

Il est originaire de la tribu des Oulad-Saâd-ben-Salem, âgé de trente-huit à quarante ans; sa taille est grande, sa conformation parfaite; ses jambes et ses pieds sont des modèles de vigueur et d'élégance, que la statuaire antique n'aurait pas reniés.

Ben-Saïdane est toujours très simplement vêtu d'une chemise longue en colonnade et d'un burnous léger; une ceinture de cuir filali lui ceint les reins et sert à contenir quelques bouts de roseau dans lesquels il met ses provisions de bouche pour les grandes courses.

Il est chaussé de brodequins qu'il fabrique lui-même avec du cuir de chameau et de la peau de chèvre. — Il n'a pour arme que son fidèle bâton et un couteau à raser.

Vous savez, mon général, que les Arabes voient du merveilleux dans les choses qui sortent un peu de la vie ordinaire. — Ben-Saïdane est donc considéré comme particulièrement doué par Dieu pour la marche, la faculté de ne jamais s'égarer et de vivre avec très peu de nourriture.

Voici en quelle circonstance ce don lui aurait été accordé :

En 1845, Abd-el-Kader, prévoyant qu'il aurait à s'appuyer sur les Oulad-Nayls dans sa lutte avec nous, entretint, au moyen de Si-Chériff-ben-Lahrèche (notre khalifa actuel), des relations suivies avec les principaux personnages des Oulad-Si-Ahmed et des Oulad-Saâd-ben-Salem.

Si-el-Bouhali, chef de cette dernière tribu, ayant un avis pressé à faire tenir à Abd-el-Kader, qui se trouvait alors vers Tiaret, fit choix de Ben-Saïdane, qui était déjà en réputation comme marcheur, pour porter à l'émir une lettre pressée.

Ben-Saïdane ne connaissait pas le pays de l'Ouest qu'il avait à parcourir pour arriver à destination; il partit toutefois après s'être fait renseigner sur la direction à suivre et la distance approximative. Il emporta dans les roseaux de sa ceinture environ dix onces de rouina et suspendit à son cou une *chibouta* (¹) de la contenance de trois litres d'eau.

Il se mit en marche stimulé par tous les siens, et comblé de caresses par son caïd, qui lui dit : « Il n'y a que toi de capable d'accomplir une pareille mission. Elle est non seulement difficile comme distance à parcourir très rapidement, mais encore comme danger possible d'être rencontré par les goums des colonnes, qui tiennent la campagne. »

Ben-Saïdane, bien *monté* physiquement et moralement, partit le matin du campement de sa tribu, qui était alors à El-Haod, à six lieues S.-O. de Djelfa, en prenant la direction du N.-O.; il arriva vers trois heures du soir à la hauteur de Sidi-Bouzid; là, il s'arrêta un moment, consomma environ trois onces de *rouina* (²), et se remit en route.

La nuit le surprit sur les hauts plateaux, il continua à marcher en se dirigeant sur les étoiles; — enfin le lendemain, vers huit heures du matin, il arrivait a

(¹) Petite peau de bouc.
(²) Farine de blé rôti.

Tagdempt, où se trouvait Abd-el-Kader, auquel il remit sa lettre. — Il avait parcouru cinquante-quatre lieues en vingt-six heures.

L'émir et ceux qui l'entouraient avaient peine à croire au récit de Ben-Saïdane; mais force leur fut de se rendre à l'évidence, en lisant la lettre, qui était datée, donnait des renseignements très récents et d'une grande importance.

Abd-el-Kader, voulant récompenser dignement le reggab des Oulad-Nayls, dit à Ben-Saïdane : « Demande-moi ce qui peut te faire plaisir, si cela est en mon pouvoir je te le donnerai. » Ben-Saïdane répondit : « O Prince des croyants, je ne te demande pas d'argent, tu combats pour la bonne cause, et c'est à nous à t'aider de tous nos moyens; mais donne-moi ta bénédiction. Invoque Dieu pour moi, je me tiendrai pour bien récompensé. »

Abd-el-Kader lui dit alors en lui imposant les mains :

«Que Dieu mette sa bénédiction sur tes jambes, — et, par son aide, sois toujours ton propre cheval à toi-même ! »

Il le congédia ensuite en le chargeant de missives pour les Oulad-Nayls.

Ben-Saïdane ne mit guère plus de temps pour revenir à son point de départ. « La bénédiction du marabout, raconte-t-il, — car il est parfaitement convaincu qu'elle a eu son efficacité, — avait produit son effet et je ne me sentais pas marcher. »

C'est depuis ce moment que notre reggab a eu le surnom de *Aoud-Roho* (¹), sous lequel il est connu de tous les Arabes du Sud.

(¹) Cheval de lui-même. — Mot à mot, cheval de son âme.

En 1849, Ben-Saïdane et plusieurs Arabes de sa tribu allèrent en caravane à Tuggurt pour acheter des dattes. Arrivés dans cette ville, ils apprirent de Ben-Djellab que les goums de l'Est, les Bouazid, les Selmia et les Fdouls, s'étaient dirigés vers leurs campements qui étaient établis entre Messad et le Djebel Bou-Khaïl, dans le but de les surprendre et de les r'azier.

Ben-Saïdane s'offrit pour aller immédiatement donner l'éveil aux Oulad-Saâd-ben-Salem, qui étaient loin de soupçonner cette agression.

Il partit donc de Tuggurt sans presque se reposer, emportant seulement deux galettes et une chibouta pleine d'eau; il marcha jour et nuit pendant quarante-huit heures, sans prendre plus de trois repos d'environ une heure chacun; il arriva à temps pour prévenir les siens, qui se replièrent aussitôt dans le Bou-Khaïl et évitèrent la r'azia dont ils étaient menacés.

Après quelques heures de repos, Ben-Saïdane, muni, comme à son départ de Tuggurt, de deux galettes et de sa peau de bouc pleine d'eau, se remit en marche pour Tuggurt, où il arriva cent deux heures après en être parti et avoir parcouru dans ce laps de temps environ cent quarante lieues. — Il trouva ses compagnons prêts à partir; pour ne pas les retarder, il fit ses achats de dattes et revint avec eux.

De 1852 jusqu'à ce jour, Ben-Saïdane nous a servi de reggab; il a rendu d'excellents services à tous nos chefs de colonne par la célérité de ses courses, sa connaissance parfaite du pays. — Nos généraux l'ont généreusement récompensé, et il est actuellement à l'abri du besoin.

Mais Ben-Saïdane n'en exerce pas moins son métier favori; c'est, on peut le dire, par amour de la locomotion et sans doute pour maintenir sa réputation de coureur infatigable, à laquelle il tient beaucoup.

Pour s'entretenir les jambes, comme il le dit lui-même, il vient assez souvent de Djelfa à Laghouat en douze ou quatorze heures, faisant ainsi cent quinze kilomètres d'une traite.

Dans mes courses dans le Sud, Ben-Saïdane m'accompagne toujours; il tient à honneur de marcher constamment à la tête des goums et de montrer le chemin.

C'est avec désespoir qu'il voit les cavaliers ou les piétons prendre une autre route que celle qu'il trace, ou bien qu'il entend émettre un avis quelconque sur un itinéraire à suivre. — Il ne pardonnerait pas à son père, je crois, de dire un seul mot à ce sujet, tant son amour-propre de guide et de coureur est devenu susceptible.

Souvent, en chassant à courre la gazelle ou le lièvre, nous avons laissé Ben-Saïdane à deux ou trois lieues en arrière, mais toujours, moins d'une heure après, nous avons été rejoints par Aoud-Roho, qui ne manquait jamais, dans ces circonstances, en reprenant la tête du goum, d'arborer au bout de son bâton un mouchoir en guise de drapeau et de l'agiter en cabriolant devant nous, comme pour narguer nos chevaux.

L'année dernière, au mois de juillet, pendant notre chasse à l'autruche, Ben-Saïdane fut plaisanté par les Mekhalifs, qui lui dirent : « Puisque tu te nommes Aoud-Roho, pourquoi ne prends-tu pas comme nous des autruches à la course? »

Il leur répondit : « Vos chevaux sont des ânes! je les crèverais tous dans une longue course de fond, cela est connu des gens, et vous-mêmes ne l'ignorez pas; mais puisque vous me mettez au défi, je veux demain jaunir vos figures. Je partirai en même temps que vous au re-

Ben-Saïdane.

lancer des autruches; puis, après avoir rejoint la première forcée, je veux être de retour au bivouac avant vous tous. »

Le défi fut accepté. Le lendemain, Ben-Saïdane nous accompagna au Gâd (point d'où on relance les autruches). Aussitôt que celles-ci parurent, nous nous élançâmes de toute la vitesse de nos chevaux à leur poursuite. Le reggab en fit autant avec ses jambes. Il avait résolu de suivre mes traces afin que je pusse constater son arrivée à la mort de l'autruche.

Ce jour-là, je forçai ma bête en trente-deux minutes, après avoir parcouru seulement quinze ou seize kilomètres (1).

Ben-Saïdane me rejoignit au moment où j'achevais de dépouiller ma capture, opération qui avait duré trente-cinq minutes.

Il me dit : « Tu vois que je tiens ma parole et que ces chiens de Mekhalifs, qui ne courent pas plus que leurs femmes, ont mauvaise grâce à s'attaquer à ton fils Ben-Saïdane. Je vais retourner maintenant au bivouac pour renverser toutes leurs marmites. J'aurai encore le temps de dormir comme un Kossri (2) avant leur rentrée. »

Il tint parole, et, deux heures après, je trouvai, quand je rejoignis notre camp, Ben-Saïdane, arrivé longtemps avant tout le monde, se prélassant dans la tente du caïd des Mekhalifs, qui, pour le fêter en réconciliation, lui prodiguait son eau la plus fraîche et les meilleurs morceaux de hammoum.

Je pourrais multiplier à l'infini le récit des courses extraordinaires accomplies par Aoud-Roho; mais ce

(1) Il faisait très chaud; le thermomètre, à midi, marquait 50 degrés à l'ombre des betoums.
(2) Habitants des Ksours, que les Arabes traitent d'efféminés.

qui précède et que je garantis exact suffit, je crois,
pour faire connaître ce dont est capable Ben-Saïdane,
le reggab des Oulad-Nayls.

Ce brave garçon est actuellement Mokhazni ([1]) au
bureau arabe de Djelfa.

Lorsqu'il s'est agi de l'inscrire en cette qualité, selon
son désir, on lui a dit : « Achète-toi un cheval ; tu sais
qu'un Mokhazni doit être monté. »

Ben-Saïdane, malgré son respect et sa bonne tenue
devant ses supérieurs, ne put, à cette proposition, conserver son sérieux. Il se mit à rire de la façon la plus
bruyante et la plus comique ; enfin, quand il put parler,
il répondit au commandant du poste :

« Peux-tu humilier ainsi ton serviteur en lui propo-
sant de se servir d'un cheval ? Bel animal, ma foi, sur
lequel on va loin, comme de mon œil à mon oreille !
— qui boit et mange la substance qui nourrirait une
famille, — qui hennit, laisse de grandes traces, — que
l'on ne peut toujours cacher facilement... Tu veux donc
qu'on rie de moi ?... N'est-il pas, au contraire, de ton
avantage d'avoir à ton service un homme capable de
faire plus que tes meilleurs chevaux ? qui n'aura jamais
à te demander d'indemnité pour nourriture, perte de
cheval, frais de ferrure, d'entretien, etc. ?... »

A de si bonnes raisons il n'y avait rien à répondre.
Ben-Saïdane fut inscrit *Kheial* ([2]) et placé, selon ses
désirs, en tête de la liste de ces fonctionnaires, pour
lesquels il a, sinon de la pitié, du moins une grande
commisération.

Les bons piétons ne sont pas rares dans le Sahra, et
nombre de leurs prouesses sont à la connaissance de tous.

([1]) Cavalier soldé.
([2]) Cavalier, *homme de cheval*.

Je vais, mon général, vous en citer quelques-unes, qui ont été accomplies dans ces derniers temps et dont le souvenir est très vivant dans la mémoire des gens du pays.

Le nommé El-Touhami, originaire de Laghouat, où il est encore, fut envoyé par le khalifa Ahmed-ben-Salem, en 1846, à Berryane, ville du Mzab. Parti à cinq heures du matin de Ksar-el-Hirâne, il arriva à destination le même jour, à sept heures du soir, ayant parcouru la distance de trente-deux lieues.

Ce même Touhami partit un jour de Ngouça, dans la même année, et accomplit en vingt et une heures le trajet de cette ville à Berryane (quarante-cinq lieues environ).

Pendant ces deux courses, il n'a mangé que quelques dattes et bu la valeur de deux litres d'eau.

En 1848, le nommé Maarouf-ben-Sliman, des Larbâs, est venu de Guerrara à Ksar-el-Hirâne d'une seule traite, en marchant de minuit à sept heures du soir; soit quarante-six lieues en dix-neuf heures.

Il est allé aussi en une journée de Guerrara à Ouargla.

El-Righi-Bel-Ouïs, des Mekhalifs, en chassant l'autruche, fut entraîné à la poursuite d'un dôlim, qui le mena plus loin que d'habitude et qui finit par lui échapper. Son cheval mourut au moment où sa dernière goutte d'eau s'épuisait. Il perdit la direction de ses compagnons pour revenir et s'égara.

Pendant trois fois vingt-quatre heures, il erra dans les plateaux, sans eau et sans nourriture. Il était très épuisé. Le jour il dormait sous un betoum, la nuit il marchait. Chez lui, on le croyait perdu.

Quand El-Righi arriva à ses tentes, on ne le reconnut pas, tant il était maigre et noir. Il raconta ensuite que ce qui l'avait soutenu dans sa détresse était un rêve dans lequel sa mère le soignait et lui donnait à boire à discrétion ; ce rêve, qui se représenta plusieurs fois pendant ses siestes diurnes, le soulageait beaucoup.

Le nommé Mhamed-ben-Harzallah, des Hadjadj, étant en r'azia du côté du Zab, perdit son cheval par accident ; obligé de revenir à pied vers sa tribu, il dut marcher pendant quatre journées de vingt-quatre heures, sans prendre de nourriture et sans boire. C'était, il est vrai, en hiver, et la température était froide.

Le nommé Saâd-ben-Sliman, des Maamra, et quatre de ses compagnons des Larbâs, étant en r'azia du côté de Guerrara, restèrent quatre jours sans manger, ne prenant pour toute subsistance que quelques plantes de hammaïda (espèce d'oseille).

Le nommé Dridi, de la tribu des Mekhalifs, habitant actuellement El-Haouïta, a été, dans son jeune âge, un intrépide chasseur. — Un jour, étant tombé sur un troupeau de sept mouflons à manchettes, il le poursuivit dans les *kefs* (¹) et en tua six, en parcourant en sept heures un trajet de quinze lieues environ, dans un pays très accidenté et difficile.

Emporté une fois par l'ardeur de la chasse, il suivit pendant quatre jours les traces d'un troupeau d'autruches. — Au bout de ce temps, ayant épuisé son eau et ses vivres, il dut revenir chez lui, ne mangeant, pendant ces quatre jours, que des plantes de *khredda* (²). — Souvent il est arrivé à El-Dridi de rester huit ou dix jours à la chasse et de vivre de plantes pendant la moitié de ce temps.

Les Mekhalifs-el-Djereub racontent qu'un nommé

(¹) *Kefs*. — On nomme ainsi les collines rocheuses et escarpées du Sud.
(²) *Statice Bonduelli*.

Messaoud-ben-Aïssa, de leur tribu, mort il y a dix ans, forçait à pied des autruches au moment des plus grandes chaleurs.

Les exemples de longues marches accomplies rapidement et de sobriété exceptionnelle sont très nombreux dans le Sahra, on pourrait en faire un gros recueil.

Ces faits, qui nous paraissent si extraordinaires, n'étonnent personne ici; plus on avance dans le Sud, et moins le ventre, comme le disent les Arabes. domine l'âme.

Cheikh-Athman, des Touareg, qui était ces jours derniers à Laghouat, m'a cité quelques exemples qui confirment cette assertion. — Je dois dire que j'ai confiance dans la véracité de ce chef targui, pour l'avoir mis plusieurs fois à l'épreuve. Il ne m'a raconté, du reste, que des faits qui lui sont personnels,

Entre autres ceux-ci :

Dans l'année de l'hégire 1236, en été, Cheikh-Athman fit, avec un parti de soixante-dix Touareg d'Azeguer montés sur des mahris, une r'azia sur les Chambaàs de Ouargla.

Après avoir épuisé l'eau que contenaient leurs outres, ils restèrent cinquante-deux heures sans boire. Heureusement pour eux que leur r'azia réussit : ils enlevèrent aux bergers des Chambaàs deux mille deux cents chameaux au moment où ils allaient mourir de soif.

Leur premier mouvement pour se désaltérer, aussitôt leur capture faite, fut de saigner soixante chamelles, dont ils recueillirent le sang et l'eau qu'elles avaient dans leurs estomacs.

C'est la ressource suprême, en cas de disette d'eau, que de tuer un chameau ou un mahri pour en boire le sang; mais il faut prendre la précaution, dit Cheikh-Athman, de recueillir ce sang dans un vase, d'attendre qu'il se soit coagulé; alors on jette le caillot qui s'est formé, puis on boit la partie liquide et séreuse qui reste. Quand on n'a pas la patience d'agir ainsi, le sang que l'on boit chaud se fige sur l'estomac et brûle les entrailles; il augmente alors le supplice de la soif.

Pendant six jours et demi, c'est-à-dire pendant cent cinquante-six heures avant la r'azia, Cheikh-Athman et les siens n'ont vécu qu'avec la valeur de six cents grammes de chair de chamelle pour chacun.

Le chef des Touareg d'Azeguer, Ikhenoukhen, en r'azia contre les Saïd, avec quarante des siens montés sur des mahris, est resté neuf jours et neuf nuits sans eau. Ils ont vécu en buvant par quarante-huit heures un peu de sang ou d'eau, qu'ils se procuraient en tuant leurs mahris. Lorsque le chiffre de ces derniers fut réduit à quinze, ils retournèrent dans leur pays.

C'est un principe admis chez les Touareg qu'un parti en expédition, à défaut de vivres et d'eau, peut, pour prolonger ses opérations, tuer deux

Mahri.

mahris sur trois; mais jamais plus, sous peine de perdre la vie.

Un mahri, disent-ils, peut sauver trois hommes; deux sur son dos et un traîné par la queue de l'animal, mais jamais quatre. Quand donc la réduction des mahris s'est faite jusqu'au tiers de leur nombre, le *r'ezou*(¹) rentre dans ses foyers pour recommencer une course plus heureuse.

L'année dernière, Cheikh-Athman, ayant entendu dire qu'il était tombé de l'eau dans le pays, à six journées à l'ouest de leur campement, envoya un de ses serviteurs nommé Djouri à la découverte; puis, voulant s'assurer du fait par lui-même, il partit un jour après, avec quatre mahris. Il suivit son serviteur à la piste pendant six jours et arriva en même temps que lui à l'endroit qui leur avait été désigné.

Le trajet parcouru à pied par Djouri, en six jours, sans manger et sans boire autre chose que quelques gorgées de lait aigre, est d'environ cent cinq lieues. Ce qu'il y a de plus remarquable, c'est que cet individu, par suite de la morsure d'une vipère, n'a plus que la moitié du pied gauche.

Enfin, Cheikh-Athman m'a affirmé qu'un de ses parents nommé Azoug, parti à la recherche de chameaux égarés, était resté *dix jours de vingt-quatre heures* sans manger.

Azoug, monté sur un mahri, espérait toujours rejoindre les chameaux dont il suivait les traces. Il a raconté que pendant les trois ou quatre premiers jours il avait souffert de la faim, mais que, s'étant toujours sanglé progressivement les entrailles, il avait fini par ne plus souffrir. Il était même dans une disposition d'esprit assez gaie; toutefois, il n'aurait pu accomplir un acte de grande vigueur.

Cheikh-Athman m'a raconté que les Oulad-Moulat, Arabes qui confinent aux Touareg-Hoggar, et dont le

---

(¹) Réunion armée en course de r'azia.

métier est de piller les caravanes qui vont à Timbuktou, employaient un singulier moyen pour conserver dans leurs excursions leur provision d'eau et de chair.

Ils prennent de vieilles chamelles, qu'ils privent d'eau pendant plusieurs jours ; au moment de partir en course, ils les font boire avec excès ; cela fait, ils leur coupent la langue, puis les emmènent avec eux.

Lorsque la provision d'eau et de vivres est épuisée, les Oulad-Moulat tuent successivement les chamelles qui ont eu la langue coupée, lesquelles, paraît-il, à cause de cette opération, ont conservé intacte l'eau absorbée au départ, pour n'avoir pu la ramener dans le gosier, faute de langue.

Ces animaux deviennent ainsi des réservoirs ambulants, dont la chair est consommée par les hommes et par les chevaux, qui s'en montrent très avides. « Ces chevaux, me disait Cheikh-Athman, hennissent en voyant découper de la chair, comme les vôtres quand ils voient l'orge. »

Les plantes que les reggabs du Sud et les Arabes mangent dans les moments de disette sont celles-ci :

Kredda, *Statice Bonduelli*.

El-Hammouïda, oseille sauvage.

El-Guise, genre de chicorée.

Bezoul-el-Nadja (pis de chamelle).

Talma, espèce de scorsonère.

Rebia, *Danthonia Foskali*.

Acida, souches chendrilloïdes.

Daghrmous, *Apteranthes gussoniana*.

El-Tifaf, genre de laiteron.

Nebegue sedra, jujubes sauvages.

Danoun, *Philiposa lutea* et *violacea*.

Aneb-el-Betoum, grappes de pistachier sauvage térébinthe.

Cheikh-Athman m'a donné en outre quelques noms de plantes ou arbres, qui sont :

El-Yatil, arbre produisant des grappes jaunes.

El-Tolh, arbre à gomme et son fruit.

El-Harra.

Djerdjir.

El-Ghorran.

El-Nefel.

Taouït, genre de graminée.

Ihafhif, id.

Drine (¹), id.

En résumé, on peut dire que lorsque les indigènes sont poussés par la faim, ils mangent à peu près toutes les plantes, et ne font d'exception que pour celles reconnues vénéneuses.

(¹) Le drine produit un petit grain comme du millet très menu et allongé. Dans le pays des Touareg, des familles de fourmis récoltent ce grain et en font des réserves assez considérables. Les gens pauvres vont à sa recherche et en font une sorte de farine, avec laquelle ils confectionnent des galettes et du kouskous. Ceux qui vont ainsi s'approprier la subsistance ramassée à grande peine par la besogneuse fourmi ont soin de laisser quelques poignées de grains dans la fourmilière, afin que celle-ci puisse subsister pendant quelques jours et reprenne l'espoir de nouveaux approvisionnements.

Nous agissons de même vis-à-vis des abeilles, quand nous recueillons les rayons de miel.

CANARDVILLE

ET

LAPINBOURG

CANARDVILLE

Si ce chapitre tombe jamais entre les mains de ceux de mes compagnons de chasse qui ont connu Canardville et Lapinbourg, je ne doute pas qu'en se remémorant les jours heureux qu'ils y ont vécu, ils ne sentent leur cœur battre plus vite et se réchauffer au souvenir de ces lieux privilégiés d'un passé, hélas! déjà loin.

Pour moi, dussé-je vivre cent ans, j'aurai toujours présentes à l'esprit les émotions juvéniles, les joies intenses, que j'ai ressenties dans ces deux principales découvertes de ma vie de chasseur.

Voici ce qu'était Canardville, — je parlerai de Lapinbourg ensuite :

Dans l'automne de 1842, étant chef du bureau arabe de Milianah, sous les ordres du lieutenant-colonel de

Saint-Arnaud, je fus chargé de la direction de petites
opérations militaires qui avaient pour but d'achever la
soumission de tribus ou de fractions restées hostiles.

C'est dans une excursion vers les plateaux du Sersou,
pour rallier les derniers dissidents des Doui-Hasseni,
que je découvris, à dix lieues au sud de Téniet-el-Hâd,
près du confluent de l'Oued-Issa et du N'har-Ouassel (¹),
un ravissant pays de chasse, unique dans son genre.

Il mérite une description toute particulière.

Le N'har-Ouassel, comme on sait, est le Chelif supérieur. Il prend naissance sous Tiaret, se grossit à huit
lieues plus bas des Sebaïn-Aïoun (²), traverse le pays

(¹) Fleuve naissant. Haut Chelif.

(²) *Sebaïn-Aïoun*, les soixante-dix sources.
Une légende du pays veut que ce soit l'ancêtre du khalifa Sidi-el-Aribi
qui ait, à l'instar de Moïse, fait surgir ces soixante-dix sources du sol.
Un jour, le khalifa fit le récit de ce miracle au maréchal Bugeaud, sans
doute pour mieux glorifier son origine.
Il lui raconta longuement que le pays était à ce moment-là complètement
privé d'eau, et que les populations demandèrent à son ancêtre Sidi-el-Aribi,
qui vivait au neuvième siècle de l'hégire, de leur en procurer par sa baraka
(bénédiction).
Sidi-el-Aribi, touché de ces prières, se rendit à leur vœu, et sur l'emplacement où il se trouvait à cheval il fit faire à sa monture, en invoquant
Dieu, soixante-dix sauts, et à chaque saut il surgit immédiatement une
source de l'endroit où portaient les sabots du cheval.
Quand le marabout crut avoir tiré assez d'eau de la terre, il se mit en
marche; les sources se réunirent et le suivirent sous la forme d'une rivière
à laquelle il donna le nom de N'har-Ouassel.
Il imagina alors de faire parcourir à cette rivière le plus de pays possible,
afin que les musulmans pussent en profiter. C'est pourquoi, après l'avoir
menée jusqu'aux montagnes du Tittery, Sidi-el-Aribi ramena le N'har-Ouassel, qui prit alors le nom de Chelif, jusqu'à la mer, et mit son embouchure
près de Mostaganem, presque sous le méridien de sa source.
Après avoir écouté patiemment cette légende, le maréchal dit à notre
khalifa actuel : « C'est très bien, cela; mais le Chelif, qui a une origine plus
ancienne que celle que tu lui attribues, était connu des Romains, déjà bien
antérieurs à ton ancêtre. »
Le khalifa, d'abord un peu déconcerté, répondit : « C'est possible; mais
alors il n'avait pas d'eau. »

des Beni-Lint, des Beni-Maïda, et arrive dans celui des Doui-Hasseni.

Sur le territoire de cette tribu, la vallée se resserre et, dans certains endroits, se trouve étranglée par le rapprochement des berges en forme de collines.

Un de ces étranglements, au-dessus du confluent déjà indiqué, est produit par deux éminences, sortes d'immenses témoins découpés dans la berge de la rive droite, que les Arabes désignent sous le nom de El-Koleiat (¹). Leur base, qui s'étend jusqu'au fleuve, jette celui-ci en dehors de son lit en temps de crue. L'inondation qui en résulte, en s'étendant dans la partie plane de la vallée, a créé un grand marais où croissent de nombreux bouquets de tamarix, des roseaux, des joncs et des touffes de guetteuf.

Ce marais a environ trois kilomètres de longueur sur trois cents mètres de largeur en moyenne. Il finit au confluent de l'Oued-M'rila avec le N'har-Ouassel, qui, s'étant creusé là un lit large et profond, reprend toute l'eau déversée dans le marais en amont.

Le fleuve continue, à partir de cet endroit, à être boisé de magnifiques tamarix et de grosses touffes de guetteuf, jusqu'au pays des Bouaïche et des Aziz.

Le marais dont je viens de parler est connu dans le pays sous le nom de Recha-el-Goradia.

La première fois que j'y pénétrai, je vis des milliers de canards de toutes couleurs et de toutes grosseurs, des bandes de grues, de courlis, de vanneaux, de bécassines, qui se levèrent à mes premiers coups de fusil et, littéralement, obscurcirent le ciel de leurs volées.

Jamais de ma vie je n'avais vu pareil spectacle; ja-

_____

(¹) Petites villes fortes, à cause sans doute de leur forme qui est celle de citadelles vues à distance.

mais mon imagination n'aurait osé le rêver tel que je l'avais sous les yeux.

C'était un tourbillon, un fouillis d'oiseaux aquatiques. à faire croire que la gent emplumée du monde entier s'était donné rendez-vous dans ce bienheureux marais, où sans doute elle avait à souhait, depuis des siècles, abondante pâture et quiétude.

Je fus vivement impressionné par cette merveilleuse découverte, et je me promis de revenir la compléter toutes les fois que je le pourrais.

J'étais loin encore de connaître toute la richesse de ce fortuné territoire de chasse. Ce n'est que plus tard. après l'avoir pratiqué plusieurs fois, que je découvris qu'en dehors de ces légions d'aquatiques, le pays était bourré de lièvres, de perdrix, et le plateau du Sersou, qui forme la berge droite du fleuve, peuplé de troupeaux de gazelles, de bandes d'outardes, de pluviers gris, de pluviers dorés, de gangas, de koudris (¹), etc.

Tout ce gibier, à l'exception des troupeaux de gazelles, n'avait jamais reçu un coup de fusil. Les Arabes ne chassaient alors ni la plume ni le petit gibier. Que l'on imagine ce que furent nos premières chasses dans cette terre de promission.

Il nous fallait des mulets pour les charger. Mais n'anticipons pas.

Je ne pus revenir chasser à El-Goradia qu'à la fin de 1844, quelques heures seulement ; ce fut assez néanmoins pour m'assurer que le marais était aussi animé que l'année précédente.

En 1845, étant alors chef du bureau arabe de Téniet-el-Hâd, je ralliai la colonne du maréchal Bugeaud

---

(¹) *Ganga unibande*, grosse espèce.

pendant ses opérations sur la lisière du Tell. C'est à cette époque qu'eut lieu un épisode qui se rattache aux fastes de Canardville et que je veux noter dès à présent.

J'avais été chargé par le maréchal de déterminer une ligne d'étapes sur le cours du N'har-Ouassel, pour une marche qu'il devait faire sur Boghar, en couvrant le Tell et en poursuivant Abd-el-Kader, qui tenait alors les hauts plateaux, d'où il menaçait le Tittery.

Une de ces étapes indiquées étaient justement à El-Goradia, où se trouvaient en abondance l'eau et le bois nécessaires au séjour d'une grosse colonne.

J'avais ménagé au maréchal la surprise du gibier; je savais qu'il n'y serait pas indifférent, comme chasseur émérite et excellent tireur.

Lors donc que je lui eus indiqué l'emplacement du camp, sur un plateau sec et aéré où il devait séjourner deux ou trois jours pour attendre un convoi, je lui fis remarquer la grande quantité de canards qui voltigeaient autour de nous.

Il en fut aussi enchanté que surpris.

« Je vais établir le camp, me dit-il, et nous irons leur faire la guerre. Vous me guiderez, mon cher, puisque vous connaissez le marais. »

Je répondis affirmativement, tout en lui faisant observer qu'il faudrait nous mettre à l'eau jusqu'au ventre. « Qu'à cela ne tienne, pourvu que nous approchions les canards. Allez, blanc-bec, ne croyez pas m'effrayer avec votre eau. Je vous suivrai partout », ajouta-t-il en souriant.

Effectivement, une heure après nous pataugions en plein marais. Jamais je n'avais vu l'excellent maréchal si heureux. Il s'était, malgré une température assez froide, mis carrément à l'eau avec des souliers et un

pantalon de troupier ; il marchait et fusillait avec une
ardeur juvénile ; chaque coup abattait une pièce, et
souvent plusieurs, quand il tirait dans les bandes de
cols-verts et de sarcelles.

Deux heures après, nous étions à bout de munitions,
et avions notre charge de canards.

Le capitaine Rivet, alors officier d'ordonnance du
maréchal, nous avait rejoints ; il avait pris aussi sa
part du gibier abattu.

Quand nous revînmes à la tente du maréchal, nous
fûmes entourés par tout l'état-major et nombre de curieux qui vinrent admirer la chasse.

Le maréchal appelait à haute voix les retardataires :
« Hé ! Eynard, Pélissier, Trochu, venez donc voir notre
récolte ; — et il tâtait chaque pièce avec cette satisfaction
de l'homme pratique, qui se retrouvait chez lui en toute
occasion. — Regardez-moi cela ! disait-il émerveillé,
ce sont de véritables canards en caisse, des pelotes de
graisse. » Et il les plumait un peu sur le dos pour dé-
montrer l'exactitude de son assertion. « J'espère, chef,
que vous allez en tirer bon parti. C'est le cas d'inviter
nos colonels. Quelle bonne idée Margueritte a eue de
nous amener séjourner ici ! C'est un double ravitaille-
ment que nous allons y faire. »

En effet, les officiers eurent la permission de chasser,
et le lendemain soir, toutes les broches étaient garnies ;
de nombreuses bourriches s'étalaient dans toutes les
cuisines, à la grande joie des chefs de popote.

« Fameux bivouac ! bon pays tout de même », répétaient nos soldats, qui avaient, eux aussi, trouvé dans
la rivière de prodigieuses quantités de barbeaux, et sur
ses bords des salades de cresson et de chicorée. —
Chaque gamelle avait son *extra*.

Paysage de l'Atlas.

15

Il faut avoir vécu de la vie de nos braves soldats, dans ces longues expéditions faites dans un pays sans ressources, pour avoir une idée de la gaieté que donne la moindre trouvaille propre à varier un peu le régime du biscuit et de la faible ration de viande maigre de tous les jours.

Aussi ce fut avec des regrets unanimes et un excellent souvenir que la colonne quitta ce bon bivouac pour continuer sa laborieuse campagne.

A partir de cette année, je revins plusieurs fois tous les hivers à la recha d'El-Goradia, avec ceux de mes compagnons de chasse qui en étaient aussi enthousiastes que moi.

C'était surtout lorsque la neige avait envahi Téniet-el-Hâd pour des mois entiers, que nous éprouvions des joies à nulle autre pareilles à descendre dans la vallée du N'har-Ouassel, où, en raison d'une différence d'altitude de six à sept cents mètres et d'une exposition au sud, nous trouvions une température chaude relativement et une précoce verdure.

Nous emportions alors notre outillage de campagne et restions des semaines entières, à la grande satisfaction des indigènes du cercle eux-mêmes, qui préféraient venir traiter leurs affaires dans un pays abordable, plutôt que d'affronter les neiges de Téniet-el-Hâd.

Ce n'est qu'en 1848 que j'eus l'idée d'établir à El-Goradia une construction qui, en nous servant de rendez-vous de chasse, nous dispenserait d'emporter à chaque excursion un matériel de campement qu'il était quelquefois difficile de sortir des neiges de notre petite Sibérie.

Ce plan, une fois conçu, fut bientôt mis à éxécution.

J'avais alors pour commandant supérieur un digne

et brave officier, le capitaine Kennedy, du 2ᵐᵉ bataillon d'Afrique.

Il me donna quelques soldats de la garnison, et en huit jours, avec l'entrain exceptionnel que mettaient parfois au travail les joyeux zéphirs, j'édifiai CANARD-VILLE.

Je doute que jamais fondateur de ville ait eu autant de satisfaction que moi quand, au bout de la semaine, je pus contempler dans toute leur gloire mes trois constructions, formant les trois côtés d'un rectangle.

La première formait l'appartement des maîtres et se composait d'une longue pièce de huit mètres de longueur sur quatre de largeur, avec porte, fenêtre et grande cheminée. Sur le prolongement était la cuisine, d'une dimension moindre.

La seconde construction était destinée aux gens qui nous accompagnaient; elle pouvait loger une vingtaine de personnes.

Enfin la troisième était une écurie pouvant contenir une dizaine de chevaux.

Le tout bâti en pierre, crépi à la chaux, artistement couvert d'une toiture en tamarix et en joncs de marais.

Voilà ce qu'était Canardville, situé à l'extrémité ouest du petit plateau qui domine le confluent de l'Oued-Issa (¹) et du N'har-Ouassel, à l'endroit où avait bivouaqué le maréchal Bugeaud.

Ce nom de ville des canards peut paraître prétentieux, si l'on considère le nombre et la beauté des édifices; mais il était justifié sous le rapport de la population emplumée, qui, dans certains hivers, égalait celle d'une grande ville.

(¹) Rivière qui prend sa source près de Téniet-el-Hâd dans le Djebel-R'ilass.

L'inauguration de la nouvelle cité eut lieu quelques mois après, en janvier 1849, au moment le plus giboyeux de l'année.

La crémaillère fut pendue dans les règles.

Pour cette solennité et pour faire à Canardville une consécration digne de son présent et de son avenir, nous résolûmes, les six chasseurs que nous étions, de faire une guirlande de gibier autour du logis principal.

Le troisième jour au soir cette guirlande était achevée; les trente-deux mètres de développement qu'elle avait étaient composés, sans la moindre interruption, d'un chapelet de gazelles, lièvres, outardes, canards, grues, sarcelles, vanneaux, pluviers, courlis, bécassines, râles, perdrix et cailles.

Cela faisait près de trois cents pièces de gibier, dont la plus grande partie fut expédiée à nos amis et connaissances jusque sur la côte, en passant par Téniet, Milianah, Blidah, etc.

C'est ainsi que Canardville fut consacré et glorifié par tous les estomacs reconnaissants.

En même temps que nous fondions la cité des canards, nous avions aussi décidé la création d'un journal des chasseurs.

Ce devait être un recueil dans lequel on inscrirait, chaque soir, le résultat des chasses de la journée, les épisodes et faits intéressants. Mais je dois dire que ce journal ne fut pas rédigé très exactement.

Le soir venu, on rentrait presque toujours fatigué, surtout après l'affût, que nous ne manquions jamais de faire, le soleil une fois couché.

On sait qu'à ce moment les canards, qui se sont dispersés dans la journée pour aller chercher pâture au loin, reviennent coucher au marais. Nous les attendio r dans les endroits les plus propices, et souvent nous faisions là, en moins d'une heure, le plus beau de notre chasse.

Les grues surtout ne pouvaient se tirer qu'à cette heure. Elles arrivaient par grandes bandes, en poussant leurs cris rauques et perçants. Nous les abattions au moment où elles passaient sur nos têtes. J'entends encore le bruit qu'elles faisaient en tombant dans l'eau. Il fallait s'en garer afin de ne pas les recevoir sur la tête, car elles étaient assez lourdes pour assommer.

Quand donc nous rentrions le soir, vers sept heures, nous étions littéralement éreintés; nous ne songions qu'à nous sécher, à nous réconforter par un repas substantiel dont le gibier formait la base principale, et à prendre ensuite un repos nécessaire.

Les jours de pluie persistante étaient consacrés à la lecture de bons livres que nous emportions; la journée alors se passait à se bien chauffer autour de la grande cheminée de notre unique salle, à lire et à écouter les histoires des différents personnages qui venaient nous voir et humer notre café.

Quelles bonnes journées nous passions ainsi, chassant à outrance ou nous reposant de même!

Notre commandant supérieur avait un caractère si sympathique, des qualités de cœur si élevées, un esprit si bienveillant, que l'on aimait à vivre près de lui.

Il avait traversé la vie en philosophe, prenant toutes choses par leur meilleur côté. Il avait beaucoup vu et beaucoup lu; sa mémoire était ornée d'un bon choix de faits et d'observations intéressantes dont nous profitions tous, quand il racontait et causait avec nous à cœur ouvert.

Jamais je n'oublierai cet excellent homme, qui a eu

la rare bonne fortune de n'avoir, dans le cours de son existence, que des amis ou des appréciateurs bienveillants, et, dans sa plus large acception, une réputation méritée d'honnête homme.

Je m'étais particulièrement attaché à lui à la suite d'un accident dont j'avais été la cause indirecte.

Lors d'un retour de congé que j'étais allé passer en France, Kennedy était venu à ma rencontre, à quelques kilomètres de Téniet-el-Hâd, avec nos camarades et bon nombre de cavaliers arabes qui voulurent absolument, pour nous faire honneur, brûler de la poudre dans une fantasia.

On sait qu'il n'est pas toujours facile d'empêcher ces diables d'hommes de se livrer à leur exercice favori (¹);

(¹) *Laâb-el-baroud*, le jeu de la poudre, est en grand honneur chez les Arabes, et quand ils jugent à propos d'en honorer quelqu'un, il est de bon goût de s'y soumettre et de paraître y prendre plaisir, sinon on passe pour ne pas aimer la poudre, les péripéties, les émotions qu'elle donne, et cela généralement est pris en mauvaise part.

Aussi combien de fois nos généraux se sont-ils soumis en maugréant, et par respect humain, aux fantasias dans lesquelles, pour leur faire plus d'honneur, on venait brûler la poudre jusque dans les jambes de leurs chevaux, qui, on l'imagine facilement, caracolaient et se cabraient en recevant cet encens des guerriers arabes.

Peut-être même y avait-il un peu de malice de la part de ces rudes cavaliers, qui n'étaient pas fâchés de voir comment le Roûmi se tirerait d'affaire au milieu de la bagarre.

Un autre jeu plus sérieux encore, mais que l'on ne fait que devant des chefs dont le renom de bravoure est incontesté, est le *lâab-el-reças*, le jeu à balles. Il consiste à courir sur les personnes que l'*on fête* de cette façon et à tirer à quelques pieds au-dessus de leur tête, à la distance de quinze ou vingt pas, les fusils chargés à balles.

Il faut recevoir ces décharges sans sourciller et sans avoir l'air de songer que le moindre faux pas des chevaux de ceux qui vous courent sus peut vous faire loger la balle dans la tête ou la poitrine.

Il y a encore le *rechem-el-hafer*, le marquage du sabot. Il consiste à lancer un cavalier à fond de train devant soi, puis, quand il a suffisamment pris l'avance, de courir à sa poursuite, et, à la distance de vingt à trente pas, de tirer à balle sur le sabot de la jambe postérieure gauche du cheval.

le jeu de la poudre se fit donc sur la route même où nous marchions.

Les cavaliers partaient deux à deux d'une centaine de pas, arrivaient bride abattue, et tiraient leurs coups de fusil à quinze pas de nous, puis arrêtaient leurs chevaux court, et faisaient demi-tour pour laisser la place à d'autres.

Ce jeu ne nous amusait nullement, il était assez dangereux; la route était étroite, coupée à pic à gauche et en talus très raide à droite. Nous avions, du reste, à nous raconter des choses intéressantes, que tout ce mouvement nous empêchait de dire. Nous fîmes donc une injonction plus formelle que les précédentes, et la fantasia prit fin. Mais nous avions compté sans deux fanatiques, qui, ayant leurs fusils chargés, voulurent brûler leurs derniers grains de poudre.

Comme les autres, ils vinrent vers nous à fond de train, déchargèrent leurs armes, et arrêtèrent leurs chevaux. Toutefois, l'un d'eux ne put le faire complètement. Ses rênes de bride se rompirent dans la saccade d'arrêt. Son cheval, ne se sentant plus retenu, s'élança en avant de nouveau avec tant de vigueur, qu'il vint heurter le poitrail du cheval de notre pauvre commandant supérieur, qui, n'ayant pu se garer à temps, fut culbuté dans un choc terrible.

Il faut alors que la balle frappe le sol au moment où le pied du cheval vient de le quitter.

Tous ces jeux, auxquels j'ai souvent pris part dans mon jeune temps, tombent en désuétude.

Il ne faut pas le regretter: des mœurs et des allures plus douces remplaceront ces dangereux exercices, qui avaient pour but de former la jeunesse au mépris du danger.

Mais il n'est pas hors de propos de constater qu'ils ont été en grand honneur chez les Arabes de la génération actuelle, et de dire qu'ils s'en souviennent encore.

Fantasia.

Je me jetai à terre pour le relever : il avait perdu connaissance. Quand il revint à lui peu après, nous nous aperçûmes qu'il avait l'épaule gauche démise... Malgré cela, il voulut qu'on le remît à cheval, pour ne pas assombrir, par l'appareil d'un brancard, notre rentrée dans Téniet.

Le cavalier, cause de l'accident, était dans la consternation et dans l'appréhension d'un châtiment qu'il jugeait avoir mérité par sa désobéissance. Kennedy, malgré ses souffrances, prit à tâche de le rassurer lui-même et de lui dire qu'il ne lui conservait pas rancune.

Rentrés au camp, il fallut procéder à l'opération de la remise de l'épaule; on chloroforma notre patient, sur le bras duquel plusieurs hommes furent appelés à tirer. Soit que l'opération fût plus ou moins bien faite, soit que la violence du choc, en déboîtant la tête de l'humérus, eût lésé une partie essentielle, la guérison se fit mal, et une sorte d'ankylose empêcha le jeu de l'épaule.

Rien n'y fit : ni les eaux de Barèges, ni les topiques les plus énergiques. Le bras conserva de la raideur, et Kennedy, qui était chasseur passionné, eut une difficulté tellement grande à mettre son fusil en joue, qu'il dut renoncer à bien tirer.

Malgré cette calamité, c'était lui qui paraissait prendre le plus gaiement cette situation. Quand il m'en voyait attristé, il me disait : « Mon cher ami, il pouvait m'arriver plus mal. Il me reste bon pied, bon œil. Si je ne puis abattre autant de gibier qu'autrefois, je marcherai tout autant, et prendrai plaisir à vous voir faire. Il faut de la philosophie en ce monde. » Cela était simplement dit, comme il le pensait.

Non seulement il ne voulut pas qu'une punition quelconque fût infligée à celui qui l'avait estropié, mais
plus tard il lui fut en aide dans plusieurs circonstances.
Aussi était-il vénéré par les Arabes du cercle, qui le
connaissaient et disaient de lui : *kalbou kebir,* son cœur
est grand.

Je n'aurais pas trouvé ma description de Canardville
complète, si je n'avais consacré quelques pages à celui
qui était pour moitié dans sa fondation, et qui m'y tint
si bonne et affectueuse compagnie.

Dans les années suivantes, Canardville devint une
base d'opération pour des chasses plus éloignées, qu'il
nous prit fantaisie de faire, tant pour varier que pour
suivre nos bandes d'aquatiques, qui, à force d'être
persécutées dans la Recha, allèrent chercher dans le
Sersou des lieux plus hospitaliers.

Nous fîmes alors de petites expéditions, soit en re-
montant le cours du N'har-Ouassel jusque dans le pays
des Beni-Lint, où se trouvaient des petits lacs couverts
de bandes de courlis, soit en allant sur l'Oued-Fdoul,
à Tzarritz, à Susellem, cours d'eau du Sersou central,
soit enfin en allant sur l'Oued-Ourq et à Taguine, où
nous retrouvions la même abondance de sauvagine
qu'au marais de Canardville lors de ses premiers
temps.

Ces grandes parties étaient surtout séduisantes par
les chasses à courre la gazelle, que nous faisions avec
les meilleurs cavaliers du cercle, qui se ralliaient à
nous pour ces sortes d'excursions.

Je dois parler ici d'un marabout grand chasseur,
qui obtint quelque célébrité dans les cercles de Téniet-
el-Hâd et de Boghar lorsque je l'eus fait connaître.

Il se nommait Si-Aïssa-ben-Sidi-Brahim, il tirait son
origine d'une famille de marabouts de Bousaada. Depuis quelques années il s'était fixé chez les Bou-Aïche,
où il avait trouvé un refuge contre des haines et des
persécutions de partis.

Si-Aïssa possédait une nombreuse famille; il vivait,
lui et les siens, de chasse et de dons pieux que lui
faisaient ses *R'eferas* (¹). Sans doute le régime qui résultait de ces deux moyens d'existence était substantiel, car notre marabout avait une bonne figure, large,
colorée, de grands yeux bleus, de magnifiques dents
blanches, une taille solide, des membres vigoureux et
un air avenant qui amenait cette réflexion : Voici un
joyeux compère.

Un jour que je chassais la gazelle vers les limites

(¹) *R'eferas*, de *R'efeur*, pardon, rachat. Les grandes familles djouades
ou maraboutes avaient autrefois chez les Arabes des r'eferas, pardonnés,
rachetés, c'est-à-dire des gens qui, moyennant redevance, obtenaient la
protection de la puissante famille sous le patronage de laquelle ils se pla-
çaient.

Ces redevances, le plus souvent annuelles, consistaient en argent, en
étoffes, grains ou bestiaux. Leur importance était en raison de l'efficacité
de la protection et des ressources des protégés.

Quand un r'efera était molesté par plus puissant que lui, il avait recours
au djouad ou au marabout qui s'était déclaré son patron. — Celui-ci était
alors tenu d'exercer sa protection, soit par influence pacifique, soit par les
armes, et de faire respecter ou rendre justice à son protégé.

Nombre de familles religieuses et militaires n'ont eu d'autres moyens
d'existence que les redevances de leurs r'eferas, antérieurement à notre
domination. Ces familles se sont trouvées réduites à un état fort précaire,
depuis que cet usage est tombé en désuétude.

On trouve encore, dans certaines régions, des Arabes et des Kabyles qui
donnent la r'efera à leurs seigneurs; mais c'est par le fait de la tradition,
et sans aucune obligation légale; notre autorité étant censée protéger et
protégeant réellement tous ses administrés.

Ces usages de la société arabe ont beaucoup d'analogie avec ceux qui
existaient en Europe au moyen âge, et plus anciennement encore chez les
Grecs et les Romains, peuples à patronage s'il en fut.

du pays des Doui-Hasseni, sur l'Oued-Fdoul, je fis la
rencontre de Si-Aïssa. Je n'avais pas été heureux : les
gazelles, au lieu d'être en troupeaux (¹), étaient dis-
persées et clair-semées. C'était déjà le printemps,
époque où chaque couple s'en va pour son compte.

J'avais dit mon désappointement à Si-Aïssa, qui, me
connaissant de réputation, s'était mis à marcher près
de moi pour me renseigner sur une région appelée
El-Coudiat, où il y avait toujours beaucoup de gibier.

« C'est inutile, me dit-il, de chercher des troupeaux,
ce n'est plus la saison, ils se sont dispersés ; mais si tu
veux, je te ferai tuer autant de gazelles que tu voudras, par mon moyen à moi.

— Je ne demande pas mieux, lui dis-je, et quel que
soit ton moyen, il est le bienvenu. Que faut-il faire ?

— Oh ! c'est facile. Tu vas mettre pied à terre et te
cacher derrière ce buisson de jujubiers ; moi, j'irai
chercher ces deux gazelles que tu vois là-bas, — et il
montrait effectivement deux gazelles qui étaient à environ six cents mètres de nous, — je te les amènerai
là, tout près, ajouta-t-il ; je les ferai passer à cette
touffe de cheihh. » Et il m'indiquait un bouquet d'armoise à quinze pas du buisson devant lequel nous
étions arrêtés.

Je regardai mon homme bien en face, pour m'assurer qu'il parlait sérieusement. Lui, devinant ma pen-

---

(¹) En automne et en hiver, les gazelles se réunissent en troupeaux. J'en
ai vu qui avaient jusqu'à deux ou trois cents têtes.

Plus un troupeau est nombreux et plus facilement on l'approche, parce
que les gazelles, en se massant, se gênent entre elles pour courir. Elles
sont quelquefois tellement rapprochées les unes des autres, qu'on entend
leurs cornes s'entrechoquer, ce qui produit comme un roulement de coups
de baguettes. Dans le printemps et l'été, elles se dispersent pour la reproduction.

séc, me dit : « Ne doute pas; c'est chose très faisable,
le temps est propice, arrange-toi seulement pour n'être
pas vu; mais tu pourras regarder à travers le buisson
et te désennuyer à me voir conduire les gazelles. Ne te
presse pas surtout, tu les tireras aussi près que tu
voudras.

— « Va, lui dis-je. » Et, très impatient de voir le résultat de ses promesses, je m'installai de façon à être
parfaitement masqué par mon buisson.

Si-Aïssa s'en fut au petit trot, emmenant avec lui le
cavalier qui conduisait mon cheval. Il prit à gauche,
laissant les deux gazelles à sa droite, comme s'il ne
s'en occupait pas. Parvenu à environ douze cents mètres, il obliqua à droite, mit les deux gazelles entre
lui et moi, puis s'en rapprocha alors en marchant au
pas. Celles-ci, à mesure que Si-Aïssa venait vers elles,
se mirent en mouvement, à une petite allure; n'étant
pas trop poussées, elles trottinaient, marchaient, s'arrêtaient, allaient dans un sens, puis dans l'autre, excepté, bien entendu, du côté du *rabatteur*.

Celui-ci, selon que les gazelles inclinaient trop à
droite ou à gauche de la ligne qu'il voulait leur faire
suivre, faisait des changements de direction, s'éloi-
gnait même, pour leur donner plus de confiance, et
reprenait son manége.

C'est ainsi que, par des mouvements qu'il commu-
niquait aux gazelles avec un tact extraordinaire et
une parfaite intuition de leurs allures, Si-Aïssa les
amena là où il m'avait dit qu'il les ferait passer.

J'avais suivi toute cette scène de *rabattage* avec un
vif plaisir. Je tuai le mâle du couple, qui vint se placer
exactement près de la touffe d'armoise indiquée et s'y
arrêta, comme pour me donner le temps de le bien viser.

J'étais tellement ébahi de ce que je venais de voir, que je ne songeai pas à doubler sur sa compagne, qui s'enfuyait à petite portée.

Aussitôt mon coup de fusil tiré, Si-Aïssa était accouru au galop. « Eh bien, tu vois, me dit-il, que ma manière est bonne. On n'éreinte ni soi ni son cheval, et on tue autant qu'en courant les troupeaux. »

J'avouai que cela était exact, mais que lui seul me paraissait posséder l'art de faire passer les gazelles là où il voulait. « Oui, moi et mes deux fils, me dit-il. Nous nous sommes exercés tant de fois, que nous faisons marcher à notre volonté la plupart du gibier qui piète. Si tu veux tirer des outardes, je t'en amènerai.

» — Comment, des outardes (¹) aussi?

» — Oui, elles sont même plus faciles à diriger que les gazelles, elles n'ont pas la tête si dure. »

Ce jour-là nous ne pûmes en trouver; mais le lendemain, Si-Aïssa, que j'avais emmené coucher à Canardville, me conduisit dans une région où il en connaissait, et m'en fit tuer trois dans la matinée, de la même façon qu'il m'avait fait tuer la gazelle de la veille.

A partir de cette époque, avril 1849, Si-Aïssa fut de toutes les parties dans le Sersou; il s'était intitulé mon rabatteur en chef, titre que personne ne songea à lui contester.

Nous l'avions surnommé Bas-de-Cuir, parce qu'il portait des bottes de maroquin, et surtout parce que nous nous plaisions à lui trouver certains points de ressemblance avec le célèbre Bas-de-Cuir du roman des *Pionniers*.

Bas-de-Cuir donc m'a fait tuer autant de gazelles et

(¹) L'outarde huppée d'Afrique, genre Houbara.

d'outardes que j'ai voulu. Je m'étais passionné pour ce genre de chasse, qui demande un pays plat et assez découvert pour que l'action du rabatteur sur le gibier soit constante, jusqu'au moment où il est amené à portée du tireur.

Les mouvements divers que l'on voit faire aux bêtes qui se rapprochent insensiblement du chasseur qui les guette intéressent autant que le résultat final.

Rabattage des outardes par Si-Aïssa et ses fils.

Si-Aïssa avait, comme tous les hommes qui ont mené la vie indépendante des solitudes, une grande aptitude pour se suffire à lui-même. Il était industrieux au possible, et trouvait à se sustenter là où d'autres seraient morts de faim.

Il connaissait à fond les ressources du pays, des plateaux qu'il avait tant de fois parcourus; il savait trouver de l'eau lorsqu'il n'y en avait pas d'apparente à la surface du sol. Il était grand dénicheur de nids de toutes espèces d'oiseaux, savait récolter, dans la saison, les *terfès* (¹), les champignons, les jujubes, les grappes du pistachier sauvage, les tiges d'alfa, les différentes plantes plus ou moins nutritives. Il savait tendre les pièges et y prendre tous les animaux pour lesquels il ne voulait pas dépenser sa poudre. De plus, il n'avait pas son pareil pour découvrir le gibier au gite.

Bas-de-Cuir avait toujours dans sa djebira du sel et des épices, qui servaient à assaisonner ses repas improvisés. Jamais je n'ai mangé de meilleures grillades que celles qu'il nous faisait avec des côtes de gazelle, et le foie qu'il préparait en *melfouf* (²).

Un jour que nous avions égaré notre déjeuner et que la faim nous talonnait, Si-Aïssa me dit :

« Si tu veux que nous mangions, c'est facile. »

Tout était facile avec lui.

— Tu as donc quelque chose dans ta djebira?

— Non, je n'y ai que du sel et du piment.

(¹) Truffes blanches du Sersou. Ce tubercule, que l'on trouve en grande quantité dans les plateaux du Sud, dans les bonnes années, a la forme de la truffe; son goût est particulier et semble tenir du champignon et de la pomme de terre. Il y en a deux qualités : les terfès rouges et les blancs. Les rouges sont plus estimés. Les Arabes en sont très friands; ils les mangent en ragoût avec de la viande, cuits avec du lait, ou simplement sous la cendre. C'est de cette façon qu'ils ont le plus de parfum et de saveur.

(²) *Melfouf*, de *meleffef*, voilé, entouré. Voici comment se fait cette préparation, aussi simple qu'excellente :

On fait griller sur la braise le foie de la gazelle. Lorsqu'il a une demi-cuisson, on le retire pour le couper par morceaux de la grosseur d'une noix. Ces morceaux sont saupoudrés de sel, puis entourés de panne ou toilette de la gazelle. On les enfile ensuite en brochettes et on soumet celles-ci à la cuisson finale. Quand elles sont bien dorées, et que la succulente graisse a pénétré les pores du foie, on retire. On mange brûlant, et, selon l'expression de Brillat-Savarin, on voit merveille.

Les Arabes, qui sont parfaits rôtisseurs, ne manquent jamais de faire du melfouf toutes les fois qu'ils font rôtir leurs moutons.

— Ce n'est pas assez, lui dis-je.

— C'est vrai ; mais si tu veux te contenter d'un lièvre rôti, de bonnes figues et d'un bon coup d'eau fraîche, je vais te procurer tout cela.

— Pardieu, oui, je m'en contenterai, et le plus tôt sera le mieux.

Nous chassions ce jour-là du côté de Kef-Recheiga, nous étions à la recherche d'antilopes bubales, qui nous avaient été signalées dans cette région, mais que nous n'avions pas encore rencontrées. Bas-de-Cuir, évidemment satisfait de montrer une fois de plus son savoir-faire, prit la direction des collines, dont nous étions peu éloignés. Chemin faisant, il mit du plomb dans son fusil à la place des balles, puis, sans ralentir l'allure, il regarda attentivement autour de lui.

Nous n'avions pas fait un demi-kilomètre dans notre nouvelle direction, lorsque je le vis arrêter son cheval et viser une touffe de *sennar'* (¹). Je me doutai bien que c'était notre déjeuner qui commençait à poindre. Effectivement, le coup à peine parti, je vis rouler un beau lièvre que Bas-de-Cuir se mit à saigner et à dépouiller en un tour de main. « La contrée est bonne, me dit-il : il est très gras. Allons à l'eau à présent. »

— Et, d'un temps de trot de cinq minutes, il me conduisit sur le bord d'un torrent pierreux, que je trouvai complètement à sec, selon mes prévisions.

J'en fis la remarque, mais Bas-de-Cuir, qui avait déjà attaché son cheval et ramassé des branches sèches auxquelles il avait mis le feu, me fit voir une grande pierre plate dans le lit du torrent, il la souleva avec une vigueur peu commune, et découvrit une excava-

(¹) Sorte de faux alfa, *Stipa tenacissima.*

tion creusée dans le roc, de la contenance de deux
hectolitres environ, à moitié pleine d'une eau potable
et fraîche. « Voilà ma citerne, me dit-il; c'est une ca-
chette qu'un vieux pâtre des Shari m'a montrée, un
jour que je partageai avec lui une gazelle que je venais
de tuer. » — Et, tout en me racontant cette histoire, il
embrochait le lièvre avec une branche de jujubier, le
saupoudrait de sel, d'une pincée de piment, et le soumettait à l'action du feu.

Comme je lui faisais compliment de sa dextérité, il
me dit : « Mais il manque encore les figues. Tiens,
prends la broche; pendant que le rôti achèvera de
cuire, j'irai les chercher. Je dois en trouver; c'est la
deuxième saison, les pâtres n'ont pu les manger,
puisqu'ils ne sont pas venus dans ce pays depuis le
printemps. »

Et il s'en fut dans la direction de quelques anfrac-
tuosités rocheuses qui nous dominaient à deux ou
trois cents mètres. Un quart d'heure après il revint
avec la moitié de son *mdol* (¹) rempli d'excellentes petites figues, mûres à point, cueillies sur des sauva-
geons, qui avaient poussé là de quelques graines sans
doute transportées par des oiseaux nourris de figues
des jardins de Goudjila ou de Ben-Hammad.

Quoi qu'il en fût de leur provenance, que je ne
cherchai pas trop à approfondir sur le moment, nous
les trouvâmes parfaites et le lièvre très réussi. Il n'est
tel qu'un bon appétit pour assaisonner les mets.

Cet excellent repas terminé, nous bûmes à même à
la citerne de Bas-de-Cuir, que nous recouvrîmes avec

(¹) *Mdol*, qui ombrage. Nom donné à ces grands chapeaux à larges bords
et de hautes formes coniques, que les Arabes portent en été pour se préserver du soleil.

sa grosse pierre. Nous effaçâmes ensuite nos traces dans ses alentours, puis nous prîmes la direction de nos tentes, qui avaient été plantées ce jour-là à la source de Rass-Fdoul, remettant au lendemain la recherche des antilopes bubales.

Quelle école que cette vie au désert! Que de bonnes qualités elle développe, au physique et au moral, chez l'homme, quand celui-ci est suffisamment organisé pour la pouvoir mener!

Je veux, à l'appui de cette réflexion, citer un trait de sang-froid et de présence d'esprit que j'ai vu accomplir à Bas-de-Cuir, un jour que nous chassions dans la vallée de Belbala.

Nous venions de faire lever deux gazelles à environ deux cents mètres de nous. Je voulais les tirer, mais Si-Aïssa me dit : « Elles sont déjà bien éloignées; il est préférable de les rabattre; peut-être ainsi pourras-tu les tuer toutes les deux. Voici un petit buisson derrière lequel tu peux t'embusquer. » Je fis la remarque qu'il était trop dégarni, que les gazelles me verraient à travers. « C'est vrai, me dit-il; je vais t'arranger cela. » Il descendit de cheval et s'approcha de quelques touffes d'alfa, qu'il se mit à arracher à pleines poignées pour en garnir le buisson. Il se livrait à ce travail depuis quelques secondes, quand je l'entendis s'écrier :

« Ah! maudite, Dieu te punisse! » Je m'approchai pour voir à qui il en avait, et je vis avec effroi une vipère à cornes (¹) qui était enroulée autour de son po¬-

---

(¹) Le *céraste*, dont la morsure est le plus souvent mortelle. Quand elle ne tue pas, il en résulte toujours des accidents graves, tels que la paralysie

gnet droit; il la tenait à pleine main avec la poignée
d'alfa dans laquelle elle se trouvait blottie, et la frot-
tait avec vigueur sur le sol rugueux, lui usant ainsi la
tête pour l'empêcher de mordre. Ce fut l'affaire d'un
moment, après quoi il ouvrit la main et jeta à mes
pieds le corps décapité de l'affreux reptile.

Sans cette subite résolution de frotter à terre avec
force la tête de la vipère au moment où il s'était
aperçu qu'il la tenait à la main, Si-Aïssa aurait infailliblement été mordu; et Dieu sait ce qui serait
advenu d'une pareille morsure, dans cette partie de
l'avant-bras où abondent les muscles et les veines!
J'en avais la sueur au front. « N'as-tu rien? lui dis-je.
Non, me répondit-il; elle n'a pas eu le temps de se reconnaître. Louanges à Dieu, qui m'a préservé! Allons!
mets-toi à l'affût; voilà ton buisson arrangé. Je vais
t'amener les gazelles. »

J'admirai cet homme, dont l'émotion était à peine
sensible après ce danger, et je n'osai lui dire que cet
affût ne me plaisait guère. Je m'y plaçai néanmoins,
mais, pendant que Bas-de-Cuir rabattait les gazelles,
j'étais inquiet. Je me retournais souvent pour voir si
la compagne du céraste, que je supposais près de moi,
ne venait pas de mon côté.

J'ai toujours eu une grande répulsion pour les

complète ou partielle. Une cautérisation énergique et instantanée peut seule
éviter ces accidents.

Les Arabes du Sud en sont tellement convaincus, que quelques-uns ont
assez d'énergie pour faire l'ablation de la partie qui entoure l'endroit où ont
pénétré les crocs du reptile.

J'ai vu, à Laghouat, un cavalier des Larbàs, qui, ayant été mordu par
une vipère, s'était enlevé, avec son couteau à raser, la partie charnue du
mollet droit. Il boitait légèrement, mais il aimait encore mieux cela et vivre.

Quand l'ablation n'est pas suffisante, on y ajoute la cautérisation par de
la poudre que l'on verse sur la plaie et à laquelle on met le feu.

reptiles. J'avoue donc que j'étais loin d'être calme ; j'attribue à mon agitation l'insuccès de cette embuscade : les gazelles ne voulurent pas m'approcher ; elles s'enfuirent, malgré les efforts de Si-Aïssa. « C'est un mauvais endroit, me dit-il en me rejoignant, allons ailleurs. » J'étais bien de son avis, et ne me fis point prier.

Pauvre Bas-de-Cuir ! comme j'ai plaisir à m'en souvenir ! Il a été pour beaucoup dans mes succès de chasse du Sersou. Avec lui, il y avait toujours de l'original et de l'imprévu. Notre passion commune établissait entre nous la meilleure entente, je puis même dire une affection véritable. Il complétait Canardville, et quand il fut entré dans notre intimité, il n'y avait point de bonnes parties sans lui.

Une des plus grandes chasses que nous fîmes dans la région des plateaux eut lieu l'automne suivant pour la célébration de la Saint-Hubert.

Partis de Canardville le 22 octobre, en compagnie de Bas-de-Cuir, de nos compagnons de chasse à courre habituels, les fils et neveux du bach-agha Ameur-ben-Ferhat, le caïd des Doui-Hasseni, celui des Beni-Maïda, mon fidèle El-Mebrouk et une vingtaine d'autres cavaliers, nous fûmes jusqu'à Taguine, en passant par les bons endroits connus, entre autres à l'Oued-Ourq, où nous trouvions toujours autant de pêche que de chasse.

Voici les chiffres du gibier tué dans cette mémorable tournée :

Gazelles.	56
Sangliers (rencontrés dans Kef-Metalès, près de Goudjila)	5
A reporter.	61 pièces.

	Report.	61 pièces.
Lièvres		47
Chaca's		8
Renards.		4
Lynx		2
Outardes.		17
Grues.		8
Perdrix		63
Canards cols-verts.		37
Sarcelles ou siffleurs		44
Bécassines		78
Pluviers gris		94
Courlis		43
Gangas		112
	Total	618 pièces.

Nous étions soixante personnes environ. Pendant dix jours, nous avons vécu de gibier, et en avons rapporté plus qu'il n'en fallait pour notre grand repas.

Dès l'année 1847, nous célébrions religieusement la Saint-Hubert à Téniet-el-Hâd.

Quinze jours avant le 3 novembre, on faisait circuler un tableau-liste, sur lequel signaient tous ceux qui voulaient y prendre part. Ce tableau, qui était composé par le plus habile artiste de la confrérie, représentait les principaux épisodes de chasse de l'année, avec ornementation d'accessoires et d'attributs à la fantaisie de l'auteur.

J'ai conservé la plupart de ces tableaux, qui font collection depuis 1850 jusqu'en 1857. Les signatures et les faits qui y sont représentés me remémorent mes compagnons de ce temps-là, des chefs aimés, dont beaucoup ne sont plus de ce monde :

Parmi ceux-ci, les maréchaux Bugeaud, Pélissier, Bosquet ;

Vipère cornue.

Les généraux Rivet, de Pontevès, Carbuccia, Thomas, Cler, Cassaignolles, Yusuf ;

Mon vieil ami Kennedy, mort en 1864 colonel et commandeur de la Légion d'honneur.

Parmi les généraux actuels qui ont chassé à Canardville il ne reste guère que le général de Fénelon, qui pourrait se rappeler certaine traque au lièvre en compagnie de notre bien regretté général Rivet, le brouet saharien du vieux Rahal, et surtout cette fameuse course de trente lieues en huit heures que nous fîmes, de Canardville aux Beni-Zoug-Zoug, à la poursuite du *chérif*[1] Bou-Touala, à travers un pays boisé et montagneux;

Le général Bataille, qui ne peut avoir oublié nos chasses à la gazelle dans le Sersou, et nos bonnes stations à Lapinbourg.

Je veux, du reste, pour n'omettre personne, mettre à la fin de ce chapitre les noms inscrits sur les tableaux de nos Saint-Hubert. Maître Paul, après moi, aura plaisir à les lire.

Tous ceux qui prenaient part à ces fêtes n'étaient

---

[1] *Chérif*, noble, nom que les Arabes donnent aux descendants de Fatma, la fille de leur prophète Mohamed. Par extension, ce nom de chérif a été souvent donné aux agitateurs qui ont voulu se faire passer pour le *moul-el-saa*, le maître de l'heure, le prédestiné envoyé par Dieu pour anéantir et expulser les chrétiens de l'Algérie, selon les prophéties accréditées chez les Arabes.

Un de ces plus célèbres agitateurs a été Bou-Maza, l'homme à la chèvre. Mais combien d'autres, sous le nom indiqué dans les prophéties de Mohamed-ben-Abdalla, ont troublé l'Algérie en causant des insurrections partielles qu'il fallait vite étouffer sous peine de les voir grandir comme ces incendies qui ont à leur portée des matières inflammables à dévorer!

Le rôle de ces chérifs est tombé en discrédit, aucun n'ayant réussi jusqu'à ce jour à amoindrir notre domination en Algérie.

Mais il ne faut pas se hâter de conclure qu'il ne sera plus joué à l'avenir.

Il tentera encore bien des têtes exaltées, et trouvera, dans certaines circonstances, bien des adhérents. Ne pas perdre de vue cette éventualité sera sage de notre part.

pas chasseurs, mais pour la circonstance chacun en prenait le titre et les allures.

Il était de tradition de ne consommer, dans ces grands repas, que du gibier tué par tous les adhérents. Huit jours avant, on se partageait les tâches, — qui allait à la grosse bête, qui au marais, qui au gibier ordinaire. Enfin les simples mazettes elles-mêmes faisaient acte de bonne volonté en récoltant dans les champs des environs quelques douzaines d'alouettes, de becs-fins, des champignons, du cresson, de la chicorée, et en pêchant dans la rivière des barbeaux et des crabes.

Ainsi, depuis le potage jusqu'au rôt, le repas de Saint-Hubert était le produit de la coopération de tous. Il n'en avait que plus d'attraits dans une localité où il nous aurait été difficile de trouver autrement les mets d'un festin.

Voici un de nos menus; il donnera une idée de la manière dont nous nous traitions en festoyant notre grand patron.

DINER DE LA SAINT-HUBERT DE 1854.

POTAGES.

Consommé aux gangas.
Bisque de crabes de rivière.

ENTRÉES.

Civets de lièvre du Sersou.
Matelotte de barbeaux à la marinière.
Timbales de perdrix aux choux.
Salmis de bécassines.
Râles de marouettes à la chasseur.
Côtelettes de lapereaux à la saharienne.
Grues en daube.
Sarcelles braisées aux olives.
Filets de sanglier aux terfès (truffes blanches des hauts plateaux).

ROTS.

Outardes farcies de becs-fins.
Cols-verts, bécasses.
Cuissots de gazelle.

BOUTS DE TABLE.

Jambon de lion, hure de sanglier.
Pâté froid de pluviers.

LÉGUMES.

Champignons, chicorée, oseille.

VINS.

De Milianah, de Bordeaux, de Champagne.

Ces banquets annuels, où régnaient l'entrain et la
gaieté, étaient de joyeuses fêtes qui occupaient, quinze
jours à l'avance, tout le personnel de la garnison. Ils
mettaient un peu de variété dans l'existence forcément
monotone des postes avancés, et, comme conséquence,
ils cimentaient la bonne camaraderie en établissant
entre tous ces bonnes relations, qu'il est si désirable de
voir régner entre gens qui concourent au même but.

LAPINBOURG

Lapinbourg était aussi, et doit être encore, un charmant pays de chasse.

Situé dans le territoire des Matmatas, à huit lieues de Téniet-el-Hâd, un peu à droite de la route de Milianah, son vrai nom dans le pays est *Bou-Radjâ*.

Je l'avais surnommé Lapinbourg en raison, comme bien on pense, de la prodigieuse quantité de lapins qu'on y trouvait, sans préjudice de beaucoup de lièvres, perdrix, cailles, ramiers, colombes, canepetières, bécasses dans la saison, sangliers, chacals, renards, ratons, et accidentellement des lions et des panthères.

J'avais découvert ce bon endroit en 1849. Aussitôt j'en avais fait part à mes compagnons de chasse, qui eurent, comme moi, la pensée d'en faire notre principale chasse d'été.

Nous y venions volontiers faire des parties de quelques jours aussitôt que les perdreaux étaient maillés, c'est-à-dire depuis le mois de juillet jusqu'en novembre, époque qui nous ramenait à Canardville.

Nous avions choisi, pour notre bivouac, un délicieux endroit, ombragé de grands et beaux frênes, entouré aux trois quarts par la rivière Bou-Radjà, qui amène là son eau claire et fraîche du pic de Taza (¹), en formant une sorte de delta.

(¹) *Fort* fondé par Abd-el-Kader lors de sa guerre contre nous, dans le but de remplacer la ville de Milianah tombée en notre possession.

Taza, Boghar, Tagdempt, Saïda, ont la même origine et étaient devenus

Dans cette rivière, où l'on pouvait prendre d'excellents bains dans la saison chaude, se trouvaient en profusion des barbeaux, des anguilles et des crabes. Nous pouvions alterner nos chasses par de jolies pêches, et nous ne nous en faisions pas faute.

Il reste toujours un peu du sauvage dans l'homme civilisé. C'est ce qui explique pourquoi nous avions tant de satisfaction à vivre de notre propre industrie en prenant aux bois, aux champs et aux rivières notre subsistance quotidienne.

Quels riches tableaux de genre on aurait pu faire de nos bivouacs, si animés par la présence d'hommes affublés de costumes différents, avec nos chevaux, nos chiens, des guirlandes de gibier pendues aux arbres avec nos accoutrements de chasse et nos armes!

Le soir surtout, quand de grands feux étaient allumés, que la flamme éclairait le feuillage des arbres, les groupes variés de gens et d'animaux de toutes les attitudes, et que le repoussoir des ombres dégradées jusqu'au noir sombre de la nuit y mêlait d'étranges et magiques effets, il y avait de quoi inspirer les natures les plus rebelles. Combien nous regrettions alors notre impuissance à fixer par le pinceau ces tableaux qui nous charmaient!

Le moment encore aurait été bien choisi, quand le rugissement d'un lion[1] se faisait entendre près de nous.

les chefs-lieux des provinces que l'émir entendait gouverner, malgré notre conquête des villes de Médéah, Milianah, Mascara et Tlemcen, auxquelles ces forts correspondaient.

[1] Nous eûmes trois fois l'occasion de faire ces remarques dans différents séjours à Lapinbourg. Une fois surtout, le lion vint se désaltérer, vers neuf heures du soir, dans la rivière, à quarante pas de notre bivouac, ainsi que nous pûmes le constater le lendemain par ses traces. Il rugit à trois reprises, sans doute à l'aspect de notre bivouac très éclairé, et si violemment que nous crûmes à une agression. Chacun prit son fusil et se mit en défense;

Cette grande voix éveillait l'attention de tous, et chacun, à ce moment, traduisait son impression selon sa nature.

Les hommes faisaient bonne contenance, tout en se regardant furtivement pour imiter l'attitude des moins impressionnés, car l'amour-propre ne perd jamais ses droits au grand jour ou à la lumière. Les chevaux tendaient l'encolure, regardaient dans la direction du danger, aspiraient l'air fortement, en soufflant à pleins naseaux, et se cabraient pour se débarrasser de leurs entraves. Les chiens enfin venaient se réfugier dans nos jambes en hurlant, ou avec des aboiements de menace et de crainte.

Oui, tout cela aurait fait d'admirables tableaux; mais nous étions inhabiles à les reproduire. Malgré la tentation, nul n'aurait pu répéter avec succès le mot du Corrège : « Et moi aussi je suis peintre ! »

Les touristes français et étrangers qui venaient explorer le pays étaient également émerveillés du site de Lapinbourg, du cachet de grande originalité qu'il revêtait, quand nous l'animions de nos bivouacs.

De ceux qui vinrent chasser avec nous, j'ai particulièrement gardé le souvenir de deux Anglais qui m'avaient été recommandés par M. le maréchal Randon, alors gouverneur général de l'Algérie. — L'un était lord David Kennedy, devenu depuis, par la mort de son frère aîné, marquis d'Ailsa; l'autre, M. Crawlay, esq., fils d'un riche banquier de Londres, qui l'accompagnait.

Lord Kennedy était grand chasseur, il avait servi

---

mais il ne vint pas, pas plus que nous n'allâmes à lui. La nuit était très sombre en dehors du cercle éclairé par nos feux. Nous n'aurions pu le voir, ou serions allés nous buter contre lui, ce dont personne n'était tenté.

plusieurs années dans l'Inde et y avait tué beaucoup
de tigres. Sa grande ambition était de tuer un lion. Je
m'associai à ce désir, que je trouvai légitime; je fis
tout ce que je pus pour lui procurer cette satisfaction,
mais sans y pouvoir réussir. Affûts souvent répétés
dans les meilleures conditions, poursuite des lions en
suivant leurs traces fraîches dans la neige, rien n'y fit.
Une fois seulement, lord Kennedy entendit le lion
gronder à quelques pas de son affût, mais il ne put le
voir, ni, par conséquent, le tirer. Ce n'était pas assez
pour tant de peines.

Après chaque déception, et comme pour s'en consoler, lord Kennedy évoquait les souvenirs de ses triomphes de l'Inde, il me proposait d'y aller avec lui, tuer
des tigres. J'y étais déterminé. Peut-être aurions-nous
réalisé ce projet, si la guerre de Crimée n'était venue
modifier nos résolutions.

Lord Kennedy et M. Crawlay restèrent près de deux
mois à chasser avec nous. Il va sans dire que je les
conduisis dans nos meilleures réserves, y compris Canardville et le Sersou, où ils prirent grand plaisir à la
chasse à la gazelle.

Ils étaient pourvus, comme tous les Anglais le sont
généralement, d'excellentes armes. Lord Kennedy surtout possédait une carabine de Lancastre, avec laquelle
je l'avais vu tuer une gazelle à sept cents mètres, dans
un petit troupeau d'une douzaine de têtes.

Nécessairement, j'étais devenu amoureux d'une arme
pareille, surtout après l'avoir expérimentée. Je n'eus
de satisfaction que lorsque lord Kennedy me promit
de m'en faire fabriquer une semblable, tout en me pré-
venant « que Lancastre était un grand paresseux » et
mettrait plusieurs mois à cette confection.

Marabout. Tombeau arabe.

Comme je me récriai sur la longueur du délai, il m'expliqua que cet armurier consciencieux ne livrait ses armes qu'après une série d'épreuves et avoir réglé lui-même, pendant plus de trente jours, au tir, la position de l'encoche, de la hausse et du guidon. — Ce qui expliquait la justesse de sa carabine jusqu'à la distance de mille yards (environ 900 mètres).

Je reçus effectivement six mois plus tard cette excellente carabine, avec laquelle je ne manquai pas de m'exercer. Je prenais plaisir à faire avec elle les paris les plus aventureux. J'en gagnai un, entre autres, à MM. de Biencourt et de Ludre, qui vinrent à cette époque visiter Laghouat. Cela me fit grand plaisir, car ils étaient assez bons tireurs pour qu'il y eût satisfaction à les vaincre. L'enjeu, qui était un panier de bordeaux, fut, du reste, consciencieusement bu à leur santé.

De Lapinbourg, il nous arrivait assez fréquemment aussi de faire des petites pointes vers les endroits qui nous étaient indiqués comme très giboyeux.

Nous descendions alors l'oued Deur-Deur, fertile en bécasses à l'époque de la passe, ou remontions l'oued Mouilha, le pays par excellence des perdrix.

Nous installions nos bivouacs dans les endroits les plus ombragés, à portée de l'eau. Ces chasses ambulantes, par le fait même du déplacement, étaient une source de jouissances. L'homme se complaît en variété, cela est certain. Nous aimions à fouler tous les jours un sol nouveau, d'aspects différents, peuplé d'autres genres d'oiseaux et de quadrupèdes que ceux chassés les jours précédents. Nous avions ainsi un peu de ces sensations qu'éprouvent les grands explorateurs quand ils touchent une terre vierge et découvrent ce que d'autres n'ont pas trouvé avant eux.

— Quoi! pas une déception, un insuccès, pour varier cette constante série de réussites?

— Si, monsieur Paul, en voici une que je veux vous dire ici, sans préjudice de celles que je vous conterai plus tard.

Un jour de l'automne 1853, le capitaine Bouchot, du 11ᵐᵉ léger, et moi, nous étions venus planter nos tentes à Lapinbourg pour y faire une bourriche de gibier qui devait servir à notre repas de Saint-Hubert.

Nous avions déjà une jolie collection de lièvres, perdrix et bécasses, lorsque, dans la matinée du troisième jour, en parcourant la partie supérieure de la vallée, nous fîmes la rencontre de El-Mokhtar-Bel-Arbi ([1]), accompagné de deux de ses cavaliers et de quelques piétons des Matmatas. Il venait me voir, sachant que j'étais à chasser à Bou-Radja.

Il me raconta qu'il avait quitté sa tribu depuis trois jours pour suivre les traces de deux lions qui, en traversant le territoire des Beni-Mahrez, lui avaient tué une jument et *lionné* un de ses serviteurs.

J'avais déjà entendu raconter de ces histoires de gens lionnés, mais je n'y avais accordé qu'une mince créance.

Ainsi, on m'avait affirmé, chez les Blal et les Matmatas, que des individus, dont le moral n'était sans doute pas d'une trempe énergique, avaient été rencontrés isolément le soir ([2]) ou la nuit par des lions, et soumis de la part de ceux-ci à une sorte de fascination, dont l'effet était de se faire suivre par le patient, qui devenait alors *estesebá*, lionné, comme nous disons médusé ([3]).

([1]) Voir la chasse au lion, page 15.

([2]) Les lions ne sortent pas de leurs repaires dans le jour, et il est rare d'en rencontrer avant le coucher du soleil.

([3]) Dans tous les récits de ce genre qui m'ont été faits, je n'ai pas trouvé mort d'homme dans le souvenir de la génération présente.

Les Arabes prétendent néanmoins que le lion, après avoir entraîné l'homme

Il paraît que l'homme lionné perd toute conscience de sa situation vraie et se soumet à la volonté du lion, qui le promène là où il veut. Des gens ayant été rencontrés dans cet état disaient à ceux qui voulaient les ramener : « Laissez-moi conduire mon bœuf. Vous voyez bien qu'il s'enfuit et que je vais le perdre », ou d'autres propos aussi incohérents, mais qui indiquaient toujours la préoccupation de suivre le lion fascinateur.

Le remède, en pareil cas, est d'appliquer de vigoureux soufflets sur la face des lionnés, qui se réveillent alors plus ou moins de cette violente obsession.

Cette croyance au lionnage est tellement accréditée chez les Arabes qui habitent les parties boisées du Tell, qu'ils emploient à l'occasion, pour s'y soustraire, le moyen suivant : s'ils sont à cheval et armés, ils tirent leurs sabres ou brandissent leurs fusils, font caracoler leurs chevaux, frappent de l'éperon contre leurs larges étriers. Ce faisant, ils disent au roi des animaux : « Ne me connais-tu pas ? je suis un tel, fils d'un tel, la terreur de mes ennemis ! Passe au large, tu n'as rien à gagner avec moi. »

Le lion, voyant à qui il a affaire, après deux ou trois épreuves, c'est-à-dire après s'être présenté devant l'homme, sur sa droite et sur sa gauche, sans parvenir à l'intimider, finit par le laisser.

Il en est de même quand l'homme est à pied, il doit seulement crier plus fort, accentuer ses gestes, en un mot, faire le bravache, pour bien montrer au lion qu'il conserve sa tête et la faculté de se défendre.

Le serviteur d'El-Mokhtar, étant à la recherche de

du côté de son repaire, surtout s'il y a des petits à nourrir, finit par le tuer et s'en repaître, imitant en cela le chat qui joue avec la souris avant de la manger.

la jument de son maître, avait rencontré deux lions, à la tombée de la nuit, dans un lieu boisé et éloigné de toute habitation. — Il avait sans doute éprouvé une grande peur à la vue de ce couple royal, et par suite une absence qui l'avait laissé inconscient de ce qu'il faisait.

Heureusement pour lui, il fut trouvé dans cet état par deux Arabes des Beni-Mahrez, qui étaient aussi à la recherche de bœufs égarés; ils n'hésitèrent pas à lui appliquer le remède des soufflets, et si vigoureusement, paraît-il, que notre homme, étant revenu à lui, avait pu dire sa fâcheuse rencontre et montrer l'endroit où il avait vu les lions, etc.

Il n'y eut aucun doute, du reste, quand on vint dire le lendemain à El-Mokhtar que sa jument avait été retrouvée un peu plus loin, à moitié mangée, sur la limite des Matmatas.

Jamais personne, de mémoire d'homme, n'avait perdu autant de bestiaux que lui par le fait des lions et des panthères. Il semblait que ces animaux eussent une rancune toute particulière et bien justifiée contre ce grand destructeur de leur race.

Il m'avait fait un jour le dénombrement de ce qui lui avait été mangé; le chiffre s'élevait à une vingtaine de bœufs ou vaches, à une soixantaine de moutons, et cinq poulains ou juments.

La dernière tuée était une bête de valeur : aussi El-Mokhtar cherchait à retrouver les auteurs de sa mort pour leur faire expier ce nouveau méfait.

On lui avait donné des renseignements qui lui faisaient supposer que les lions devaient être assez près dans les environs : l'avant-dernière nuit, ils avaient enlevé une brebis dans un douar peu distant de nous.

Je proposai à El-Mokhtar de venir déjeuner, après quoi nous aviserions à continuer les recherches, auxquelles je me proposai de prendre part.

Nous avions déjà fait plus de la moitié du chemin pour regagner notre bivouac, lorsque nous vîmes deux Arabes apparaître en courant au sommet d'une colline qui se trouvait à notre droite. Dès qu'ils nous aperçurent, ils nous firent des signes avec leurs burnous, en nous criant de les attendre.

Ils paraissaient très émus et avoir quelque chose d'important à nous communiquer. Aussitôt qu'ils furent près de nous, ils nous dirent :

« Deux lions viennent de tuer notre ânesse et son petit. Ils sont en train de les manger sur le versant opposé. Si vous voulez les frapper, vous n'avez pas de temps à perdre, nous vous conduirons vers eux. »

Cette occasion nous parut si favorable de joindre nos deux malfaiteurs, car ce ne pouvait être qu'eux, que nous nous mîmes en marche sur-le-champ. Le capitaine Bouchot avait voulu être des nôtres. Chemin faisant, nous chargeâmes nos fusils à balles.

Arrivés sur la crète, les Arabes nous montrèrent, de l'autre côté d'un ravin, à environ deux cents mètres, un gros buisson, dans lequel ils nous affirmèrent avoir vu les lions occupés, quelques minutes avant, à manger l'ânesse et son petit.

El-Mokhtar mit pied à terre, laissa là sa monture et vint avec nous, ainsi que nos deux guides, qui nous menèrent sur le buisson. Nous fîmes le moins de bruit possible en nous dissimulant derrière les touffes de lentisques et de genévriers dont la pente de la colline était boisée.

Nous espérions, de cette manière, approcher les lions

occupés à se repaitre, les voir et les tirer le mieux possible. Mais, arrivés à dix pas de l'endroit où ils devaient être, nous eûmes beau écouter et regarder avec attention, il n'y avait rien... que les deux ânes tués, déjà fortement entamés à la partie du cou et des épaules.

Sans doute, les lions nous avaient vus apparaitre au sommet de la colline et avaient momentanément abandonné leur repas.

Nous étions à faire ces réflexions, lorsque nous entendîmes un rugissement à deux cents mètres de nous, dans le fond du ravin.

« C'est cela, me dit El-Mokhtar, nous les avons dérangés; mais ils ont encore faim, ils reviendront quand ils nous croiront partis. »

Nous fûmes alors d'accord d'établir immédiatement des affûts pour nous placer dedans et attendre leur retour. Nous nous mimes à l'œuvre aussitôt; nos deux Arabes étaient pourvus de leurs *gadoums* (¹), qui nous servirent à faire deux trous, entourés de branchages; dans l'un devait se mettre le capitaine Bouchot, dans l'autre, El-Mokhtar et moi.

Pour tirer parti du terrain, selon ma façon de faire habituelle, de mettre l'affût en contre-bas de la bête à tirer, j'avais, pour aller plus vite, établi le mien dans le creux d'une ravine. Inspiration médiocre, comme on va voir.

Notre travail achevé, les deux Arabes étaient partis avec mission d'emmener au bivouac le cheval de Mokhtar et celui du cavalier qui devenait le compagnon du capitaine Bouchot; puis nous nous étions placés dans

---

(¹) Instrument qui est pioche d'un côté et hache de l'autre. Presque tous les montagnards en sont pourvus et le portent à la ceinture.

nos affûts respectifs après avoir attaché les restes des deux ânes en dehors du fourré, sur l'endroit le plus propice à notre tir convergent.

Il n'était qu'une heure de l'après-midi, nous espérions que les lions n'attendraient pas la nuit pour revenir. Ils guettaient sans doute nos mouvements; lors donc que piétons et cavaliers auraient disparu, ils devaient arriver.

Il nous semblait, tant nous étions convaincus d'une réussite, que ce n'était plus qu'une question de patience.

Mais deux heures, trois heures s'écoulèrent, et rien ne vint. Nous commencions à trouver le temps long, à nous impatienter, lorsque nous entendîmes des rugissements assez près de nous. L'espoir nous ranima aussitôt, et chacun prit sa meilleure position pour tirer. Ce fut en vain : les lions ne parurent pas. Nous les entendions cependant qui se répondaient à une trentaine de pas derrière nos affûts; la nuit vint pendant cet entretien, dans lequel ils se communiquèrent sans doute leurs impressions.

Que pouvaient-ils se dire? Évidemment ils n'avaient pas la certitude de notre présence; mais quelque chose d'insolite les préoccupait. Étaient-ce nos affûts, que nous n'avions pas su déguiser suffisamment? Étaient-ce les restes des ânes qui avaient été extraits du fourré et placés quelques pas plus haut, qui leur faisaient redouter une embûche? Nous le supposions; néanmoins nous espérions encore qu'ils viendraient achever leurs reliefs.

Ce qui nous le faisait croire, c'est que, depuis que la nuit était venue, ils s'étaient rapprochés, sans que toutefois nous pussions les voir.

Le temps s'était couvert vers quatre heures de l'après-midi ; au coucher du soleil, la pluie se mit à tomber sous forme de brouillard très épais. En dehors donc de l'endroit où gisaient les ânes, lequel se détachait assez nettement dans le ciel, le reste des alentours se trouvait dans une obscurité profonde.

Et nous étions là, toujours, le fusil à l'épaule, une main sur les batteries, pour empêcher la pluie de mouiller les capsules. Les lions rôdaient et grondaient, mais ne se présentaient pas au but. La pluie tombait en augmentant d'intensité, de façon que, vers huit ou neuf heures du soir, nous sentîmes, El-Mokhtar et moi, qu'un petit ruisseau entrait dans notre affût.

Je dois le dire, l'idée de nous en aller nous vint à ce moment, mais ce n'était pas possible : ces maudits lions nous maintenaient en espoir. De temps à autre, ils rugissaient ou grondaient comme de gros chats auxquels on veut enlever la viande qu'ils ont volée. Nous les entendions frôler les buissons dans un rayon d'une vingtaine de pas autour de nous. Mais l'eau aussi montait dans notre trou, profond de deux pieds, sans moyen de l'éviter, à moins de sortir de l'affût, ce que nous ne voulions pas faire. Vers minuit, elle finit par le remplir tout à fait, et nous nous trouvâmes dans une véritable baignoire des plus réfrigérantes.

A cette heure, nous étions trempés jusqu'aux os ; la partie de nos individus qui se trouvait en dehors du trou n'avait rien à envier à celles qui étaient soumises à la baignade.

Nous restâmes ainsi jusqu'à cinq heures du matin, donnant un rare exemple d'entêtement dans une situation qui n'avait rien de récréatif, on peut le croire ; d'autant plus que nos estomacs étaient tiraillés par la faim, pour n'avoir rien mangé depuis plus de vingt-quatre heures.

Mais, je le répète en toute conviction, il n'y avait pas d'autre parti à prendre que de rester dans nos affûts jusqu'à un dénouement avouable : ou la mort des lions, ou leur retraite. Cela était devenu une question d'amour-propre entre ces bêtes et nous.

« Nous voudrions achever l'ânesse et son petit », devaient-elles se dire.

Nous répondions tacitement, nous, à la manière de Léonidas : « C'est possible, venez les prendre. »

Notre vaine persévérance finit par l'emporter, les lions ne vinrent point. Vers trois heures du matin, ils s'éloignèrent dans la direction du Djebel-Ichâoun, ce que nous comprimes par les rugissements, qui s'éteignirent graduellement. Mais, pour bien marquer notre rageuse ténacité, et aussi par un fol espoir qu'ils pourraient se raviser et revenir, nous attendîmes deux heures encore.

Enfin, l'aube paraissant, nous sortîmes morfondus de nos baignoires, en déblatérant contre ces crétins de lions qui avaient été assez stupides pour ne pas venir mordre à ces pauvres ânes, qu'ils avaient si malhonnêtement expédiés de vie à trépas.

« Ces fils d'infidèles, disait El-Mokhtar, nous ont devinés, ils s'en vont avec leur peau et leur morgue. Leur jour n'était pas arrivé. »

Voilà ce que notre mauvaise humeur nous faisait dire dans ce moment. Mais plus tard, après avoir rejoint notre bivouac, nous être séchés et restaurés, nous eûmes une meilleure opinion de la sagacité de nos deux lions, ou du moins notre manière de nous exprimer à leur endroit fut plus révérencieuse et plus juste.

El-Moktar, qui avait contre eux une rancune légitime, se mit dans la journée à leur poursuite, jusque dans le pays des Oulad-Antar ; mais sans le moindre résultat, ainsi que je l'ai su après.

Le capitaine Bouchot et moi, nous rentrâmes le lendemain à Téniet-el-Hâd avec une cargaison de gibier, et, chose plus appréciable après notre fraîche nuit, sans le moindre rhume de cerveau.

Eh bien ! ce souvenir, qui n'est pas précisément celui d'un succès, ni une réminiscence des délices de Capoue, m'est, à distance d'une quinzaine d'années déjà, particulièrement agréable.

Il en est ainsi dans la vie ; nous nous remémorons plus volontiers peut-être les mauvais jours, les misères subies et bien supportées, que les plaisirs et les joies qui sont venus facilement à nous.

En déduire toutes les raisons mènerait loin. Mais, pour abréger, ne peut-on voir dans ce fait un stimulant des plus propres à nous faire mieux accueillir les épreuves successives de notre avenir ?

Conclusion et morale : Il faut en ce monde recevoir avec résolution les douches que la destinée nous envoie, afin d'acquérir une meilleure *trempe*.

Voilà, mon cher Paul, un axiome que je vous recommande tout particulièrement, en arrêtant ici cette première partie de mes souvenirs.

J'aurais encore beaucoup à narrer sur Canardville et Lapinbourg, sur les autres chasses, de mon long séjour à Téniet-el-Hâd. — Je pourrais y ajouter d'autres récits et d'autres souvenirs d'une période de cinq

années passée dans le Sud, comme commandant supérieur de Laghouat.

Peut-être m'en aviserai-je un de ces jours, quand
votre frère Victor viendra à son tour me demander des
histoires. — Il n'y aura pas de raison pour lui refuser
alors ce que j'ai fait pour vous... il faudra s'exécuter.
— En attendant, et selon un mot qui a déjà du charme
pour vos oreilles, — je me donne campos !

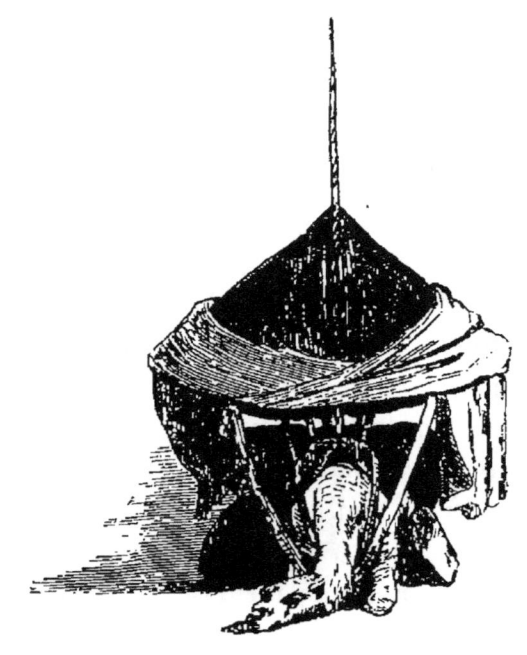

LISTES DES SOUSCRIPTEURS

SAINT-HUBERT DE 1850.

(TÉNIET-EL-HAD.)

KENNEDY, commandant supérieur de Téniet-el-Hâd. — MARGUERITTE, chef du bureau arabe de Téniet-el-Hâd. — DE MATHAN, chef d'escadron de spahis. — DUPOTET, KLENC, COUÉ, GÉRARD, capitaines au 2ᵉ bataillon d'Afrique. — BARRAGE, RÉGAD, capitaines du génie. — PANIER, docteur. — SERIZIAT, lieutenant adjoint au bureau arabe. — CASSE, docteur. — GOGUEL, COUTÉ, lieutenants au 2ᵉ bataillon d'Afrique.

SAINT-HUBERT DE 1851.

(TÉNIET-EL-HAD.)

KENNEDY, commandant supérieur de Téniet-el-Hâd. — MARGUERITTE, chef du bureau arabe de Téniet-el-Hâd. — DE MATHAN, chef d'escadron de spahis. — KLENC, capitaine au 2ᵉ bataillon d'Afrique. — DE MOYNIER, touriste. — PELLERIN, LASSUS, docteurs. — THOMAS, capitaine du génie. — SERIZIAT, lieutenant adjoint au bureau arabe. — GRIMALD, LÉO, officiers d'administration.

SAINT-HUBERT DE 1852.

(TÉNIET-EL-HAD.)

KENNEDY, chef de bataillon au 33e de ligne. — MARGUERITTE, commandant supérieur. — BOUCHOT, capitaine au 11e léger. — SERIZIAT, capitaine, chef du bureau arabe. — DELON, capitaine commandant la place. — THOMAS, capitaine du génie. — GARNIER, officier d'administration. — COUTELLE, lieutenant au 11e léger. — CANUT, lieutenant au 2e bataillon d'Afrique. — LECLERC, LASSUS, docteurs. — ROZIER, capitaine de spahis. — BRETON, lieutenant. — NICORAS. — LALOE, officier d'administration. — DELAINE, lieutenant.

SAINT-HUBERT DE 1853.

(TÉNIET-EL-HAD.)

MARGUERITTE, commandant supérieur. — BOUCHOT, capitaine au 11e léger. — THOMAS, colonel du 11e léger, commandant la subdivision de Milianah. — Mme THOMAS. — LECOUÉDIC, curé de Téniet-el-Hàd. — FRANK, chef d'escadron de spahis. — AMEUR-BEN-FERHAT, bach-agha. — POBÉGUIN, capitaine de spahis. — BOLLOT, docteur. — PERRIER, capitaine de spahis. — GÉRARD, capitaine au 2e bataillon d'Afrique. — CHOISELAT, chef du bureau arabe. — DE GALLAND, lieutenant. — DE BROS, lieutenant d'artillerie. — BEAUSSIN, lieutenant de spahis. — COUTELLE, lieutenant au 11e léger. — LAMBERT, docteur. — LATOUR, pharmacien. — LALOE, officier d'administration. — DUPART. — PETIT, capitaine d'état-major. — AYMARD.

SAINT-HUBERT DE 1854.

(TÉNIET-EL-HAD.)

BATAILLE, colonel, commandant la subdivision de Milianah. —

MARGUERITTE, commandant supérieur. — Edward COOPER, officier anglais, grenadiers de la garde. — E. HUGART, major anglais, 7º hussards. — SI-SLIMEN, agha de Milianah. — SI-EL-HABIB, agha des Braz. — Baron LAGARDE, capitaine au 1er spahis. — BOURCERET, capitaine, chef du bureau arabe de Milianah. — HOUBIGANT, capitaine du génie. — LEMORDAN DE LANGOURIAN, capitaine adjudant-major. — BEAUSSIN, lieutenant de spahis. — MAUCHE, docteur. — GAYTTE DE TÉNU, officier comptable d'administration. — LECOUÉDIC, curé de Téniet-el-Hâd. — ADELÉR, chef du bureau arabe de Téniet-el-Hâd. — POBÉGUIN, capitaine attaché à la remonte. — RIGOLLOT, capitaine au 25e de ligne. — DELON, commandant de place. — DE LASSALLE, capitaine de spahis. — OZANNEAU, lieutenant. — RICHER, garde du génie. — SI-AHMED-MERZOUGA, Khodja. — J. PLAY. — E. BERTRAND, capitaine. — MOUY. — GESTA, officier d'administration des hôpitaux. — A. DOUET. — BEN-OMAR, lieutenant de spahis.

SAINT-HUBERT DE 1855.

(LAGHOUAT.)

MARGUERITTE, commandant supérieur. — VINCENT, capitaine du génie. — HOILEUX, FRÈRE, capitaines au 2e bataillon d'Afrique. — HERSANT, capitaine au 1er tirailleurs indigènes. — DE PINA, DESCHAMPS, lieutenants de chasseurs. — GUÉRARD, officier d'administration des hôpitaux. — BEAUSSIN, capitaine de spahis. — CARBUS, capitaine de spahis, chef du bureau arabe. — Ch. LOYER, curé de Laghouat. — DURAND, capitaine au 2e bataillon d'Afrique. — ROBERT, officier d'administration. — MEUNIER, garde du génie. BOUDERBA, interprète militaire. — LE BISSONNAIS, lieutenant adjoint. — Deux signatures illisibles.

SAINT-HUBERT DE 1856.

(LAGHOUAT.)

MARGUERITTE, commandant supérieur. — VINCENT, capitaine

BIBLIOTHÈQUE INSTRUCTIVE

Collection de volumes in-16 illustrés, brochés...... 2 fr. 25
Cartonnés en toile rouge ou lavallière, avec plaque or, tranches dorées. 3 fr. 50

Les Invisibles, par FABRE. 1 v. 90 grav.

Tahiti *et les Colonies françaises de la Polynésie*, par H. LE CHARTIER, avec une lettre-préface de M. FERD. DE LESSEPS. 1 vol., 25 grav. et 2 cartes hors texte.

Les grands Conquérants, par A. DESPREZ. 1 vol., 50 grav.

Le Combat pour la vie, par O. DE RAWTON. 1 vol., 110 grav.

La Mer, par A. DUBARRY. 1 vol., 90 grav. sur bois.

Nos frontières perdues, par A. LEPAGE. 1 vol., 80 gr. et 13 cartes.

Histoire de la Lune, par W. DE FONVIELLE. 1 vol., 72 grav.

La Chine, d'après les voyageurs les plus récents, par Victor TISSOT. 1 vol., 65 grav. sur bois.

L'Algérie, par le Dr F. QUESNOY. 1 vol., 260 grav. et 1 carte.

Les Insectes nuisibles à l'agriculture et à la viticulture. Moyens de les combattre, par E. MENAULT. 1 vol. orné de 105 grav. sur bois.

Les Paysans et leurs Seigneurs avant 1789 (féodalité, ancien régime), par L. MANESSE. 1 vol. orné de 50 grav.

Les grandes Souveraines, par A. DESPREZ. 1 vol. orné de 50 grav.

Nouvelles lectures scientifiques. *Première année*, par Max. FLAJAT. 1. vol., 236 grav.

L'Homme blanc au pays des noirs, par J. GOURDAULT. 1 vol. 70 grav. et 1 carte de l'Afrique.

La Nouvelle Calédonie et les Nouvelles-Hébrides, par H. LE CHARTIER. 1 vol., 45 grav. et 2 cartes

Les Plantes qui guérissent et les Plantes qui tuent, par O. DE RAWTON. 1 vol illustré de 130 grav.

Jeanne Darc, par HENRI MARTIN, de l'Académie française. 1 vol. 14 grav.

L'Héroïsme français, par A. LAIR. 1 vol. orné de 56 grav.

Les Colonies perdues (le Canada et l'Inde), par CH. CANIVET. 1 vol. orné de 65 grav.

Le Japon, par G. DEPPING. 1 vol. 47 grav. et 1 carte.

L'Architecture en France, par G. CERFBERR DE MÉDELSHEIM. 1 vol. orné de 128 grav.

Le Boire et le Manger. Histoire anecdotique des aliments, par Armand DUBARRY. 1 vol., 126 grav.

Les Généraux de la République, par A. BARBOU (2e édit.). 1 vol. orné de 35 grav. sur bois.

Voyage de la mission Flatters au pays des Touareg-Azdjers, par le lieutenant H. BROSSELARD. 1 vol., 40 grav. et 1 carte.

La grande Pêche (Les Poissons), par le Dr H.-E. SAUVAGE. 1 vol. orné de 67 grav.

La grande Pêche (Les animaux inférieurs), par le Dr H.-E. SAUVAGE. 1 vol. 80 gr.

L'Égypte, par J. HERVÉ. 1 vol., 87 grav. sur bois et 2 cartes.

L'Art de l'éclairage, par Louis FIGUIER (2e édit.). 1 vol. orné de 114 grav.

Les Aérostats, par Louis FIGUIER (2e édit.). 1 vol. orné de 53 grav.

9053-87. — CORBEIL. Typ. et stér. Jules CRÉTÉ.